Neil Patrick Harris
& Alec Azam

Die Magischen 6

Wendel Wispers unheimliche Puppe

ILLUSTRATIONEN VON LISSY MARLIN

ZAUBERTRICKS ILLUSTRIERT VON KYLE HILTON

AUS DEM ENGLISCHEN VON KATRIN SEGERER

Schneiderbuch
EGMONT

Bücher von Neil Patrick Harris bei Schneiderbuch:
Die Magischen Sechs, Band 1: Mr Vernons Zauberladen
Die Magischen Sechs, Band 2: Madame Esmeraldas Geheimnis
Die Magischen Sechs, Band 3: Wendel Wispers unheimliche Puppe

Weitere Bücher von Neil Patrick Harris sind bei Schneiderbuch in Vorbereitung.

1. Auflage

verlegt durch Egmont Verlagsgesellschaften mbH
Alte Jakobstraße 83, 10179 Berlin

Die englische Originalausgabe erschien 2019 unter dem Titel
»The Magic Misfits – The Minor Third« bei Little, Brown and Company

Cover art and story illustrations by Lissy Marlin. How-To illustrations by Kyle Hilton.

Aus dem Englischen von Katrin Segerer
Umschlaggestaltung: Karina Granda
Umschlagadaption: Johannes Wiebel, punchdesign | München
Satz: Achim Münster, Overath
BN_14238_01 Printed in the EU
ISBN 978-3-505-14238-3
www.schneiderbuch.de

Für meine zauberhaften Eltern Ron und Sheila, die mich immer ermuntert haben zu lesen und zu schraiben.

INHALTSVERZEICHNIS

DIE RÜCKKEHR DER MAGISCHEN SECHS

Psst!

Hier drüben!

Nein, nicht hinter dem Möbelstück da.

Hier drüben!

Nein, nicht im Nebenzimmer.

Das *andere* »Hier drüben«.

Guck genau hin. Genauer. Noch genauer …

Ja! Da bin ich.

Mitten in den Seiten dieses Buchs.

Die Tinte ist meine Stimme, und die Buchstaben sind Botschaften aus meinem Kopf.

Geheimnisvoll!

Hallo, übrigens. Wie schön, dass du auch bei dieser Reise dabei bist. Du kommst doch mit, oder?

Bitte entschuldige das Versteckspiel. Aber wenn du mit dem Buch hier – dem dritten Abenteuer der Magischen Sechs – erst einmal angefangen hast, wirst du mich verstehen. Die Ereignisse sind nämlich ein wiiinziges bisschen tückischer als in den vorherigen beiden Bänden, und du solltest genauso vorsichtig sein wie unsere Zauberfreunde. Überleg dir genau, wer die Guten und wer die Bösen sind. Und wenn du dir jede Seite sorgfältig anschaust, findest du vielleicht sogar Antworten auf Fragen, die du gar nicht gestellt hast.

Genial!

Ich gehe davon aus, dass du dich an alle Einzelheiten über unseren Nachwuchszauberclub – die titelgebenden Magischen Sechs – erinnerst. Da hätten wir zunächst einmal Carter *(den Verschwindibus)* Locke ... Leila *(die Entfesselnde)* Vernon ... Theo *(den Schwebegeiger)* Stein-Meyer ... Ridley *(die Verwandlerin)* Larsen ... und natürlich die Zwillinge Olly und Izzy *(die Spaßkanonen)* Golden.

In den Bänden eins und zwei haben unsere Freunde einem verbrecherischen Rummelbesitzer, dem ominösen B. B. Bosso, das Handwerk gelegt und wenig später die Pläne von Sandra Santos alias Madame Esmeralda und ihrer Betrügerbande durchkreuzt – die wollten ein geheimes Kassenbuch an sich bringen, das Dante Vernon gehört, dem Besitzer des örtlichen Zauberladens und einem von Leilas beiden Vätern (aber das wusstest du natürlich längst). Außerdem haben die Magischen Sechs einen Affen und zwei Mäuse adoptiert und sind (zweimal!) im prächtigen Theater des Berghotels aufgetreten, das über ihrem idyllischen Heimatstädtchen Mineral Wells thront.

Klingt, als wäre ziemlich viel passiert, was? Ist es auch! Aber keine Sorge, wenn du nicht mehr alles im Kopf hast. Das dritte Abenteuer dürfte die Gedächtnislücken schließen.

Grandios!

Nach diesem langen Vorgeplänkel juckt es dir bestimmt in den Fingern, direkt zum ersten Kapitel zu blättern. Aber vorher muss ich auf einem weiteren Schlenker bestehen und dir erklären …

WIE MAN ...

dieses Buch liest!

Du ahnst wahrscheinlich schon, was jetzt kommt: eine langatmige Erklärung, dass Teile dieses Buchs die Geschichte der Magischen Sechs und andere kurze Zauberlektionen enthalten und dass du diese Lektionen gern auslassen und nur die Geschichte lesen darfst. Du darfst das Buch natürlich auch in die Spüle legen, das Wasser aufdrehen und die Seiten sieben Stunden lang einweichen. Aber mal ehrlich: Es gibt viele Dinge im Leben, die wir tun *dürfen*, aber auf gar keinen Fall tun *sollten*.

Außerdem erinnerst du dich bestimmt (weil du ziemlich schlau bist, oder?), dass du, um die Tricks aus den Zauberlektionen zu lernen, üben, üben und nochmals üben musst. Und dann ein Nickerchen machen, zur Schule gehen, zu Abend essen und weiterüben. Und das Ganze

noch einmal von vorn. Und noch einmal. Und noch einmal. Denn um deine Freunde von deinen Zauberkünsten zu überzeugen, solltest du praktisch perfekt sein.
Nun denn! Da du das alles längst wusstest – und wenn nicht, weißt du es jetzt –, ist es wohl das Beste, wenn du den Rest des Kapitels einfach überspringst. Das hätte mir auch früher einfallen können …
Ach, du bist immer noch da? Wie aufmerksam, wie gewissenhaft von dir! Aber die Zeit drängt. Na los. Hol tief Luft. Konzentrier dich. Und blättere um …

EINS

Theo Stein-Meyer träumte oft davon, fliegen zu können.

Die Träume fingen immer damit an, dass er in seinem Bett lag, während seine Eltern am anderen Ende des Flurs schnarchten. Plötzlich – wie von Zauberhand – erhob er sich mehrere Zentimeter in die Luft. Er schwebte zum Fenster hinüber, öffnete es und zog sich mit dem Kopf voraus in die Nacht hinaus. Über den Himmel zu gleiten und zu kreisen und zu wirbeln, fiel ihm so leicht wie seinen Tauben hinterm Haus. Er aktivierte einfach irgendetwas in seinem Kopf, und sein Körper flog los.

Höher, höher, immer höher!

Fliegen fühlte sich für ihn genauso an wie Geige spielen – wie schwirrende, springende, schneidende Melodien zu produzieren. Oder wie mit seinem magischen Geigenbogen vor den Augen staunender Zuschauer Gegenstände durch die Luft tanzen zu lassen. Musik und Magie waren nämlich Theos liebste Leidenschaften. Und am allerliebsten frönte er beiden gleichzeitig.

In letzter Zeit jedoch waren seine nächtlichen Flugträume unheimlich geworden. Ein Schatten schlich unter ihm durch die Stadt, ein großer Mann mit Umhang und Zylinder, dessen Gesicht die Dunkelheit verbarg. Er huschte durch die Straßen und lugte in die Häuser. Von hoch oben hörte Theo ihn geheimnisvolle Zauberformeln sprechen, die Menschen zu bösen Dingen verleiteten.

Dieser Mann hieß Kalagan, und er war für einen Löwenanteil der Scherereien verantwortlich, mit denen Theo und seine Freunde sich in diesem Sommer herumgeschlagen hatten. Der echte Kalagan war ein Hypnotiseur, der vor langer Zeit in Mineral Wells gelebt hatte, und seine Handlanger waren schon mehrmals in der Stadt aufgetaucht und hatten versucht, seine finsteren

Pläne in die Tat umzusetzen – nur um von den Magischen Sechs ausgebremst zu werden. Theo fürchtete, dass Kalagan bald selbst zurückkehren und sich um die Störenfriede kümmern würde.

In seinem Traum flog er tiefer, um Kalagan zu belauschen, der in eine dunkle Gasse geschlüpft war. Die Schatten zwischen den Häusern wurden immer schwärzer, immer gefährlicher, und Kalagans Flüstern wurde lauter.

»*Muss ... Magische ... Sechs ... aufhalten ...*«

Kalagan sprach über Theo und seine Freunde!

Plötzlich wirbelte der Hypnotiseur herum, packte den fliegenden Theo, der erschrocken aufschrie, und zerrte ihn zu Boden.

»*Muss! Magische! Sechs! Aufhalten!*«

Nach Luft ringend, schreckte Theo aus dem Schlaf. Er kämpfte sich aus der verhedderten Bettdecke und atmete langsam ein und aus, um sich zu beruhigen. Mit wackeligen Beinen trat er ans Fenster und starrte zu den Bäumen am Horizont, zwischen denen gerade das erste Licht des Spätsommermorgens hervorlinste. War Kalagan irgendwo da draußen und starrte zurück? Alles war ruhig, aber Theo wusste, dass das nicht ewig andauern würde.

(So funktioniert die Welt nun einmal nicht.) Aber fürs Erste ließ er sich von der Ruhe einhüllen und wieder in den Schlaf wiegen.

* * *

Ein paar Stunden später war Mineral Wells hellwach und geschäftig. Autos kurvten durchs Stadtzentrum, vorbei an pittoresken Geschäften und Verkaufsständen, auf der Suche nach einem der wenigen freien Parkplätze. Familien schlenderten über die Bürgersteige, während Männer in Anzügen und Frauen in schicken Kostümen durch die Türen von Rathaus und Gericht eilten.

Ein angenehmer Wind kühlte dann und wann die warme, leicht feuchte Luft ab. Und wenn die Bewohner und Besucher des Städtchens ganz genau horchten, hörten sie in dieser Brise eine Melodie, einen fröhlich gegeigten Walzer. Der stammte von einem Jungen im Frack, der sich mit seinen Freunden im Pavillon auf dem Marktplatz versammelt hatte, um für die anstehende große Talentshow zu üben.

Theo ließ den Bogen über die Saiten tanzen. Leila, Carter, Ridley, Olly und Izzy saßen und standen neben ihm. Zu seinen Füßen hüpfte ein Teddybär herum, wie magisch zum Leben erweckt. Wenn Theo schneller spielte, hüpfte auch der Bär schneller, und wenn die Musik langsamer wurde, wiegte sich der Bär träumerisch lauschend.

Während die Melodie sich dem Höhepunkt näherte, stieg der Bär vor Theo in die Luft. Einen halben Meter hoch, einen ganzen, zwei! Nach dem letzten Ton riss Theo Geige und Bogen mit einer Hand zur Seite und streckte die andere nach dem Bären aus. Doch kurz bevor er ihn fangen konnte, entdeckte er aus dem Augenwinkel eine dunkel gekleidete Gestalt in der Ferne, und seine Finger griffen ins Leere.

Die Gestalt sah genauso aus wie der Mann aus seinen Träumen.

»Theo!«

»Theo?«

Schaudernd drehte er sich zu seinen Freunden, die ihn anstarrten, und blinzelte. Hatten seine Augen ihm einen Streich gespielt?

»Was war los?« Ridleys rote Locken hopsten hin und her, als sie den Kopf schüttelte. »Bis auf das Ende warst du richtig gut!«

»Bitte entschuldigt.« Theo wurde rot. »Meine Gedanken sind auf Wanderschaft gegangen.«

Leila drückte ihm tröstend den Arm. »Das passiert uns allen in letzter Zeit.«

»Meine Gedanken gehen nicht nur auf Wanderschaft, sie erklimmen Berge«, meinte Olly.

»Meine klettern auf Bäume!«, trumpfte seine Zwillingsschwester Izzy auf.

»Meine erforschen Höhlen«, konterte Olly.

»Meine schippern auf einem Dampfer in die Antarktis«, erwiderte Izzy grinsend.

»Meine freunden sich mit Eisbären an!«

»Falscher Kontinent«, unterbrach Ridley Olly und drückte auf einen Knopf an der Armlehne ihres Rollstuhls. Ein Leider-verloren-Buzzer ertönte.

»Die Magischen Sechs haben diesen Sommer einiges durchgemacht«, sagte Carter zu Theo. »Da ist es okay, wenn die Konzentration manchmal schwächelt.«

Ridley seufzte. »Aber Konzentrationsschwächen helfen uns nicht dabei, zu gewinnen. Wir müssen am Ball bleiben. Das Preisgeld ist nicht von schlechten Eltern.«

Bis zur Talentshow waren es nicht einmal mehr zwei Wochen, und viele Stadtbewohner hatten sich bereits angemeldet, um Opernarien, Hulatänze, Drahtseilakte, Gymnastiknummern oder Theatermonologe auf die Bühne zu bringen.

»Wer will denn irgendwelche Eltern beleidigen?«, fragte Carter. »So viel Geld habe ich noch nie im Leben besessen. Wenn wir gewinnen, könnte ich mich endlich bei allen für ihre Hilfe revanchieren. Und wenn dann noch was übrig ist, hole ich mir einen von diesen tollen Schränken, mit denen berühmte Zauberer Menschen verschwinden lassen.«

»Du schuldest niemandem was«, versicherte Leila ihrem Cousin. »Außer vielleicht ein Lächeln hin und wieder. Wenn wir gewinnen, kaufe ich mir einen Leila-großen Wassertank, damit ich Luftanhalten üben kann, während ich mich aus meiner Zwangsjacke befreie.«

»Olly und ich besorgen uns die allergoldensten Steppschuhe auf der ganzen Welt«, warf Izzy ein.

»Hab ich da auch ein Wörtchen mitzureden, Schwesterherz? Ich nehme von dem Geld lieber Unterricht im Bühnenfechten, damit ich gut vorbereitet bin, wenn wir das nächste Mal gegen Kalagans Gorillas kämpfen müssen.«

Ridley verdrehte die Augen. »Und warum nicht gleich einen *richtigen* Fechtkurs? Dann bist du auch für Kämpfe abseits der Bühne gewappnet.«

Ollys Gesicht leuchtete auf. »Gute Idee!«

Ridley nickte ihm zu. »Ich würde meinen Rollstuhl mit ein paar neuen Tricks aufrüsten, an denen ich gerade tüftele. Oder ich baue ihn so um, dass er sich verwandeln kann. In einen Rennwagen. Ein Flugzeug. Einen Panzer! Dann würde sich niemand mehr mit uns anlegen.« Sie schaute zu Theo, der schon wieder in die Ferne starrte. »Und was ist mit dir, Theo? Wofür würdest du das Preisgeld ausgeben?«

Theo riss sich von seinen Gedanken los. »Für einen Fallschirmsprung«, sagte er schlicht. Nachdem er sich noch ein letztes Mal prüfend nach der dunklen Gestalt umgesehen hatte, stieg er die Stufen des Pavillons hinunter und hob den Teddybären auf. »Nun denn, wo waren wir stehen geblieben?«

»Willst du das Ende noch mal üben?«, fragte Ridley. »Du hast es *fast* geschafft.«

Das kleine Wörtchen hallte in Theos Kopf wider. Es fühlte sich *fast* wie eine Beleidigung an. Aber Ridley und er waren schon ewig befreundet, und er wusste, dass sie es nicht so gemeint hatte. »Ich habe den Trick schon öfter *ganz* geschafft. Eben war ich einfach abgelenkt. Wir können gerne weitermachen.«

Ridley rollte vor und holte mit viel Trara ein paar Bananen aus der Tasche an der Rückenlehne ihres Rollstuhls. Dann bat sie eine Freiwillige aus dem Publikum – Leila –, eine Banane auszuwählen und zu schälen. Als Leila die Schale öffnete, fiel die Frucht in dünnen Scheiben zu Boden.

Als Nächstes war Carter an der Reihe. Er hüllte sich in einen großen Seidenumhang, der ihn vollständig bedeckte. Anschließend bat er die Zwillinge, den Umhang wegzuziehen, und plötzlich fehlte ihm der Kopf! Er stolperte im Pavillon umher, stieß gegen Izzy, die immer noch den Umhang hielt, und wickelte sich erneut darin ein. Als er ihn fortriss, war sein Kopf wieder da.

»Das war super!«, rief Ridley.

»Danke. Daran arbeite ich schon seit ein paar Wochen.«

»Sollen wir das Finale proben?«, fragte Leila.

»Wir proben auf jeden Fall deine Nummer«, antwortete Ridley. »Aber wollen wir sie wirklich als Finale nehmen?«

»Das können wir ja später noch entscheiden«, meinte Leila. »Bis dahin ...« Sie deutete auf Theo und gab ihm sein Zeichen.

Er hob die Geige ans Kinn, und ein schriller Ton schallte über die Wiese. Passanten auf der anderen Straßenseite erstarrten erschrocken.

»Immer schön weitergehen«, rief Ridley in ihrer typisch schroffen Art. »Hier gibt's nichts zu sehen!«

Leila zog die Augenbrauen hoch. Ihre Nummer stellte den Einbruch in Vernons Zauberladen vor ein paar Wochen nach, als Kalagans Handlanger, besser bekannt als die Trauerclowns, versucht hatten, ein wichtiges Notizbuch ihres Vaters zu stehlen.

Während Theo eine düstere Melodie spielte, band Leila die Schurken (Carter, Olly, Izzy und Ridley) rasch mit einem weichen weißen Seil aneinander. Die Aushilfsbösewichte postierten sich in einer Reihe und hielten die Arme ausgestreckt vor sich.

»Brave Bürger von Mineral Wells!«, rief Leila. »Unser Zauberclub braucht einen Freiwilligen, der bezeugt, dass diese Knoten fest sind. Würde uns jemand helfen?«

Die Leute rings um den Marktplatz musterten sie unsicher. Schließlich überquerte eine Gruppe von fünf Jungen die Straße, die Theo bekannt vorkamen.

Sein Bogen rutschte ab. Die Saiten kreischten auf.

»Wir helfen euch gern«, meinte der Größte der fünf, als er, flankiert von den anderen, die Pavillonstufen erreichte. Von Nahem war Theo sich sicher, dass diese Bande ihn und seine Freunde am Anfang des Sommers schon einmal schikaniert hatte. Ein flaues Gefühl machte sich in seinem Magen breit, und sein Herz flatterte, als hätte es Flügel.

Carter, Olly, Izzy und Ridley, die mit Leilas weißem Seil gefesselt waren, wirkten ebenso besorgt wie Theo. Doch zu ihrer aller Überraschung winkte Leila den großen Jungen herauf. »Tritt näher«, sagte sie. »Wie heißt du?«

»Trevor, das weißt du ganz genau«, antwortete der. Theo fiel wieder ein, dass Leila in dieselbe Klasse ging wie diese Jungen. Da er auf der Privatschule war, begegnete er ihnen zum Glück seltener.

»*Mach keinen Quatsch, Trevor!*«, flüsterte Leila dem Fiesling zu.

»Aber ich bin nun mal eine echte Quatschkanone«, flüsterte Trevor zurück, grinste breit und zeigte die Zähne.

»Du meinst wohl, ein echtes *Quatschgesicht*«, brummte Ridley, und Trevor funkelte sie finster an. Theo hätte den Jungen am liebsten wieder von der Bühne gebeten, aber seine Zunge schien am Gaumen festzukleben.

Leilas Stimme war nur noch ein Quieken. »Bitte überprüf die Knoten, Trevor, und stell sicher, dass ich meine Freunde richtig gefesselt habe.«

»Mit Vergnügen!« Trevor riss heftig am Seil um Carters Handgelenke und kniff ihm dabei in die Haut.

»Aua!«, schrie Carter.

»Hey«, brüllte Ridley. »Hör auf damit!«

Trevor stapfte weiter zu Olly und Izzy und zerrte die Knoten um ihre Fußgelenke fester.

Die Zwillinge ächzten.

»Lass das!« Leila stieß Trevors Hände weg. Trevor schubste sie. Kalte Wut überrollte Theo. Er wollte schon hinübereilen und dem Idioten seinen Geigenbogen überziehen, als ihm plötzlich eine andere Idee kam.

»Ihr haltet euch alle für supertoll«, ätzte Trevor. »Aber ihr seid nicht besser als wir.« Seine Kumpel höhnten zustimmend.

»Das haben wir auch nie behauptet«, meinte Leila. »Wir wollen die Leute bloß zum Lachen bringen.«

»Ziel erreicht«, spottete Trevor. »Ich lache.«

Leilas Bühnenlächeln erlosch. »Nicht mehr lange.« Sie nickte ihren gefesselten Freunden zu, hob die Arme hoch über den Kopf und klatschte einmal in die Hände. Carter, Olly, Izzy und Ridley machten eine schnelle Bewegung.

Das Seil verschwand, und sie waren frei wie die Vögel.

Apropos Vögel ...

Theo riss die Frackjacke auf und ließ die weißen Tauben fliegen, die er für das große Finale dort versteckt hatte. Sie kreisten unter dem Dach des Pavillons, und als er mit der Zunge schnalzte, gingen sie im Sturzflug auf Trevor los, der taumelnd versuchte, ihren scharfen Schnäbeln und Krallen zu entfliehen. Er stolperte über die oberste Stufe und fiel auf seine Freunde am Fuß der Treppe, die ausgestreckt im Gras landeten.

»Du hattest recht«, rief Olly ihm hinterher. »Du bist wirklich eine Quatschkanone!«

»Ein richtiger Hobbyclown«, fügte Izzy hinzu.

Während die Tauben aus dem Pavillon schossen und über dem Marktplatz kreisten, rappelte Trevor sich hoch und richtete den Zeigefinger auf Theo. »Das wirst du noch bereuen!«

Theo zog sich die Frackjacke zurecht, streckte Trevor die Zunge raus und prustete lang und melodisch. Dabei wedelte er mit dem Geigenbogen, als würde er ein Spuckkonzert dirigieren. Seine Reaktion kam für die Fieslinge so überraschend, dass sie ihn entgeistert anstarrten.

Wie du Schlaufuchs bestimmt längst erraten hast, war das Prusten eine Irreführung, eine klassische Zaubertechnik, die die Jungen innehalten ließ, bis die Tauben Theos Kommando – den wedelnden Geigenbogen – bemerkten.

Schon regneten dicke weiße Tropfen auf die Fieslinge herab.

Platsch! Platsch! Platsch!

»Iiih«, schrie einer und hob den Kopf, nur um gleich einen Spritzer auf die Nase abzukriegen.

»Was *ist* das?«, fragte ein anderer und wischte sich das schmierige Zeug von den Haaren.

»Das sind die Vögel«, kreischte ein Dritter. »Die … die *machen groß* auf uns!«

»Igitt«, rief Trevor. »Lauft!«

Die Fieslinge stoben auseinander. Kurze Zeit später ließen sich die Tauben wieder auf dem Dach des Pavillons nieder und warteten auf weitere Anweisungen.

»Geht es euch allen gut?«, fragte Theo seine Freunde.

»Meine Handgelenke tun ein bisschen weh«, meinte Carter. »Aber zumindest hat der Seiltrick funktioniert.«

»Ihr wart super«, jubelte Leila und holte das Seil wieder heraus, das sich automatisch in einem Geheimfach in Ridleys Rollstuhl eingerollt hatte. »Ihr habt unter Druck einen kühlen Kopf bewahrt.«

»Druck?«, fragte Carter. »Kam mir eher wie Folter vor.«

»Aber das war's wert«, riefen Olly und Izzy im Chor.

Theo wartete darauf, dass jemand seine Tauben erwähnte, aber seine Hoffnungen wurden von unverkennbarem Beifall unterbrochen.

Die Magischen Sechs schauten sich um. Hoffentlich waren die Fieslinge nicht zurückgekehrt! Stattdessen entdeckte Theo ein ganz in Schwarz gekleidetes Mädchen mit langem blondem Haar und einer schief sitzenden Baskenmütze. Sie klatschte langsam, wie ein Uhrwerk. Bei jedem Schlag ihrer Hände bewegten sich auch ihre Füße und brachten sie dem Pavillon näher und näher.

ZWEI

Die Magischen Sechs beobachteten das Mädchen in Schwarz wie hypnotisiert, während es den Marktplatz überquerte. Theo fragte sich, ob es am Ende noch mehr Schwierigkeiten machen würde als die fünf Jungen.

»Bitte sagt mir, dass ihr das alles genau so geplant habt«, rief es jetzt. »Mitsamt Taubendreck.«

»Schön wär's«, erwiderte Carter. »Aber vielleicht nächstes Mal.«

»Bei unserem richtigen Auftritt suche ich nettere Freiwillige aus«, versicherte Leila mit einer Grimasse.

Ridley räusperte sich. »Und du bist …?«, fragte sie das Mädchen.

»Ach, tut mir leid. Emily Meridian.« *Meridian?*, dachte Theo. *Woher kenne ich diesen Namen?* »Ich verbringe die Sommerferien bei meinem Vater. Den Rest des Jahres wohne ich bei meiner Mutter in einer anderen Stadt oben im Norden.«

Leila lief die Treppe hinunter und umarmte Emily freundlich. »Willkommen in Mineral Wells! Ich bin Leila Vernon.«

Emily wand sich in der unerwarteten Umarmung, doch als Leila sie wieder losließ, entfuhr ihr ein überraschtes Kichern.

Ridley steuerte auf die Rampe neben den Stufen zu. »Ridley Larsen. Der mit der Geige heißt Theo Stein-

Meyer. Der Blonde mit den blauen Augen Carter Locke. Und die Zwillinge heißen Olly und Izzy Golden. Zusammen mit Leila sind wir die Magischen Sechs.«

»Ich weiß, wer ihr seid«, sagte Emily. »Die ganze Stadt weiß das. Und nach dem zu urteilen, was ihr mit diesen Dumpfbacken angestellt habt, seid ihr wohl auch die Favoriten bei der Talentshow.«

Stolz stieg in Theo auf. »Nimmst du ebenfalls teil?«, fragte er.

Emily schüttelte den Kopf. »Ich habe kein besonderes Ta…«

In diesem Moment sprang Trevor mit einer Handvoll feuchter Erde aus dem Gebüsch neben dem Pavillon. Er holte aus und zielte auf Theo. Mit einem lauten *FLOPP* traf ihn der Matsch mitten auf der Brust und spritzte über sein weißes Hemd.

Ehe Theo reagieren konnte, stürmte Emily schon auf den Fiesling zu. »Lass sie in Ruhe!«

»Sonst was?« Trevor wollte sie schubsen, aber sie wich ihm geschickt aus, und er stolperte an ihr vorbei. Als er ihren Arm packte, schwang sie ihn herum, und Trevor landete mit dem Gesicht im Gras. »Uff«, stöhnte er gedämpft, bevor er sich auf den Rücken drehte.

»Das war noch gar nichts, Trevor«, knurrte Emily und stellte den Fuß leicht auf seine Brust, damit er sich nicht aufrappeln konnte, was einen ähnlichen Abdruck hinterließ wie der Dreck auf Theos Hemd. »Wenn du nicht willst, dass deine Mum erfährt, wie du meine neuen Freunde behandelst, verkneifst du dir so was in Zukunft lieber. Sie ist gerade bei meinem Vater im Laden. Lust auf einen kleinen Spaziergang?«

»Runter von mir!«, brüllte Trevor, als Emily mehr Gewicht auf seine Brust legte.

»Versprichst du, sie in Ruhe zu lassen?«

»Na schön! Kommt nicht wieder vor.«

Emily nahm den Fuß herunter und half Trevor auf. Er funkelte sie böse an, bevor er sich humpelnd auf die Suche nach seinen Kumpanen machte.

Theo war sprachlos. Er hatte schon sehr viel Zeit in Vernons Zauberladen verbracht und jede Menge Magie gesehen. Aber nichts war so spektakulär gewesen wie dieses Mädchen, das einen fünfzehn Zentimeter größeren und mindestens zehn Kilo schwereren Ochsen außer Gefecht setzte.

»Das war …«, fing Carter an.

»*Der Hammer!*«, beendete Leila seinen Satz.

»Beeindruckend«, ergänzte Ridley.

Olly und Izzy spielten die Szene sogleich nach, akrobatisch ausgeschmückt und mit klackernden Steppschritten untermalt.

»Vielen Dank, Emily.« Theo legte seine Geige sanft auf den Boden und wischte sich die Erde vom Hemd. »Hattest du gar keine Angst, dass er dir wehtun könnte?«

»Dieser Trottel?« Emily grinste. »Keine Chance. Ich kenne Trevor, seit er noch Erbsenbrei gegessen hat. Und unsere Eltern sind eng befreundet. Er weiß genau, dass ich es seiner Mutter erzähle, wenn er jemanden ärgert. Da braucht es schon mehr, um mir Angst einzujagen.«

»Bei uns auch.« Carter umklammerte seine Hosenträger und schaute sich nervös um. »Normalerweise.«

»Du meintest, dein Vater hätte einen Laden?«, hakte Theo nach. »Welchen denn?«

»Meridians Musik«, antwortete Emily. »Gleich die Straße runter.«

»Natürlich! Da bin ich ständig mit meinem Vater. Bei Meridians hat er mir sogar die Geige hier gekauft. Heißt das, dein Vater ist …«

»Mick Meridian. Der Besitzer. Er ist der Beste in seinem Fach.«

»Das kann ich nur unterschreiben.« Theo hob die Hand, und die Geige stieg in die Luft. Als ihr Hals seine Finger erreichte, führte er den Bogen an die Saiten und spielte eine schnelles, fröhliches Liedchen.

Seine Freunde klatschten, und Emily nickte. »Hübsch.«

»Ich wusste gar nicht, dass Mr Meridian eine Tochter hat«, sagte Theo.

Emily runzelte die Stirn. »Soll das heißen ... er hat mich nie erwähnt?«

Theo wurde rot. »Also, das hätte er ganz sicher, wenn ...«

Emily grinste. »Ich mach nur Spaß.« Sie knuffte ihm in die Schulter. »Mein Vater hat immer ziemlich viel zu tun im Laden, kein Problem.«

Theo gluckste verlegen. Ihm war plötzlich sehr warm.

Auf der gegenüberliegenden Straßenseite klingelte ein Glöckchen, und die Tür von Vernons Zauberladen schwang auf. Mr Vernon stand im Rahmen und rief: »Leila! Carter! Hokuspokus rast hier herum wie ein Irrer. Es ist ja wunderbar, dass ihr mit euren Freunden probt, aber ich wäre euch dankbar, wenn ihr euren Affen füttert, bevor er noch einmal die Glasaugen umwirft!« Mr Vernons weiße Locken umrahmten sein Gesicht wie eine dicke Schicht Kartoffelpüree, und ein schwarzer Schnurrbart zierte die Oberlippe gleich einem Streifen Olivenpaste. Er trug seinen üblichen schwarzen Frack, glänzende schwarze Schuhe, einen Zylinder und einen langen Umhang. Als Theo Mr Vernon zum ersten Mal getroffen hatte, war er so begeistert vom Outfit des Zauberers gewesen, dass er beschlossen hatte, in Zukunft selbst Frack zu tragen.

Sein Magen knurrte gurgelnd. Es war spät geworden. Er zog eine Taschenuhr aus der Frackjacke. »Ah, gut. Bis zum Abendessen ist noch Zeit. Meine Eltern mögen es gar nicht, wenn ich zu spät komme.«

»Liegt es wirklich am Zuspätkommen?«, fragte Ridley. »Oder wollen sie nur, dass du mehr Geige übst?«

»Vielleicht ein bisschen von beidem.«

»Aber dieser Trick mit den Tauben hätte sie bestimmt vom Hocker gehauen«, meinte Emily lachend.

»Davon erzähle ich ihnen lieber nichts«, erwiderte Theo betreten.

»Sofort, Dad!«, rief Leila ihrem Vater zu. Dann wandte sie sich an ihre Freunde. »Wollt ihr uns beim Affenfüttern helfen?«

»Nicht, wenn er mich zuerst füttert«, witzelte Izzy.

Ridley schüttelte den Kopf. »Das … ergibt keinen Sinn.«

»Wie wär's mit: wenn er dich zuerst *futtert?*«, schlug Olly vor.

»Hokuspokus würde keiner Fliege was zuleide tun«, sagte Carter.

Izzy zwinkerte. »So ein Pech, die sind nämlich angeblich sehr nahrhaft.«

»Na los«, drängte Ridley. »Mr Vernon hat langsam keine Lust mehr, die Tür aufzuhalten.« Sie hatte recht. Leilas Vater tippte ungeduldig mit dem Fuß, und ein rotes Einstecktuch in der Tasche seiner schwarzen Frackjacke hüpfte im Takt auf und ab wie eine blinkende Warnleuchte.

Die Kinder schauten nach links und rechts, ehe sie die Straße überquerten. Emily folgte ihnen. »Ach, *du* kommst auch mit?«, fragte Ridley.

Emily nickte. »Klar! Ich wollte immer mal einen Affen sehen. Du hast doch nichts dagegen, oder, Leila?«

»Hokuspokus gehört Carter«, stellte Ridley richtig.

»Schon okay«, meinte Carter leicht skeptisch.

Ridley schürzte die Lippen und verkniff sich eine spitze Bemerkung, während sie voranrollte.

Die Tauben auf dem Dach des Pavillons gurrten und pickten an den verwitterten grünen Schindeln, aber Theo machte sich keine Sorgen. Er wusste, dass die Vögel auf ihn warten würden, bis er nach Hause ging. Erst einmal allerdings wollte er mehr über das geheimnisvolle fremde Mädchen neben sich erfahren.

WIE MAN …

die Karte eines Zuschauers errät!

Du würdest wahrscheinlich selbst gern mehr über das Mädchen in Schwarz erfahren. Aber zuerst … wird es Zeit für einen neuen Trick!

Diesen hier solltest du besonders gut üben, weil man ihn praktischerweise mit einem anderen Trick kombinieren kann, den ich dir später zeige. Am besten klemmst du dir ein Lesezeichen zwischen die Seiten, damit du die Stelle schnell wiederfindest. (Wenn du keins hast, geht auch eine Feder. Oder ein Blütenblatt. Oder ein falscher Schnurrbart. So einen hast du doch bestimmt im Zimmer herumliegen, oder? Ich auch.)

DU BRAUCHST:

Einen Satz Spielkarten

SO GEHT'S:

1. Bevor du anfängst, merke dir die Karte ganz unten im Stapel. Diese Karte nennen wir *Schlüsselkarte*.

2. Fächere die Karten auf, mit der Vorderseite nach unten. Bitte eine Freiwillige oder einen Freiwilligen (zum Beispiel deinen Bruder oder deinen besten Freund), eine Karte auszuwählen und sie dem Rest des Publikums zu zeigen, ohne dass du sie sehen kannst.

3. Teile die Karten in zwei Stapel und fordere deinen Freiwilligen auf, seine Karte oben auf dem ersten zu platzieren. Lege dann den zweiten Stapel (den mit der Schlüsselkarte ganz unten) auf die Karte deines Freiwilligen, sodass alle Karten wieder einen Stapel bilden. Die Karte, die du dir anfangs gemerkt hast, liegt jetzt direkt über der Karte deines Freiwilligen. (*Zur Erinnerung: Du weißt immer noch nicht, welche Karte ausgewählt wurde.*)

4. Reiche die Karten deinem Freiwilligen und bitte ihn, mehrmals abzuheben. (*Kleiner Tipp: Abheben bedeutet, die Karten in zwei Stapel zu teilen und den unteren auf den oberen zu legen.*) Wenn er fertig ist, nimm die Karten zurück.

5. Fächere sie wieder auf, diesmal mit der Vorderseite nach oben, damit du sie sehen kannst.

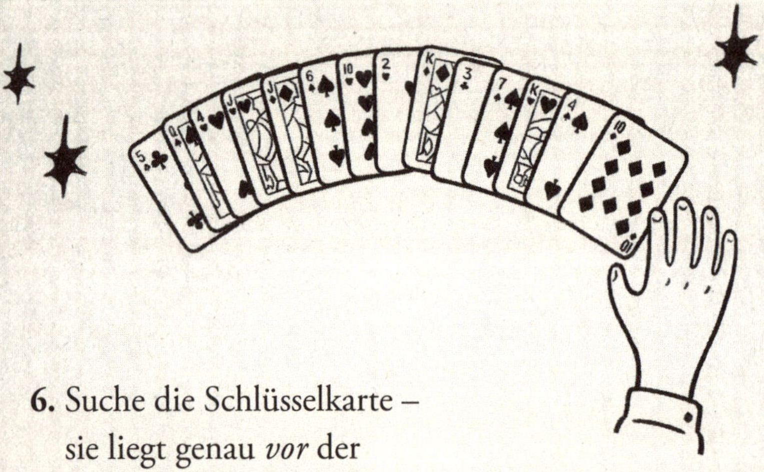

6. Suche die Schlüsselkarte – sie liegt genau *vor* der gesuchten Karte.

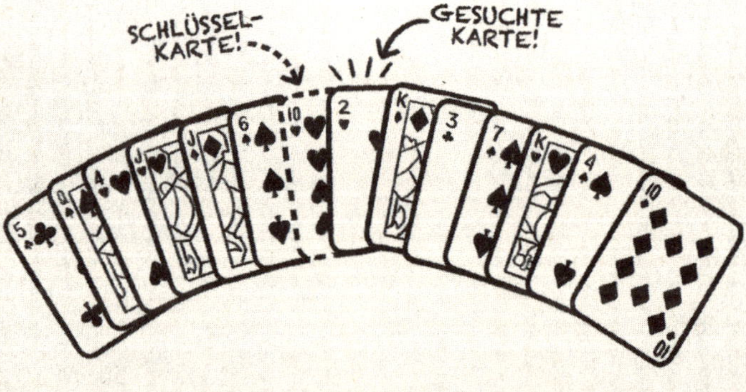

Tipp: Ist die Schlüsselkarte die letzte Karte im Fächer, ist die Karte deines Freiwilligen die erste.

7. Präsentiere deinem Freiwilligen die Karte, die er ausgewählt hat. Denk dir gern etwas Kreatives aus, das du dabei sagen kannst.

8. Verbeuge dich!

DREI

Theo war immer wieder verblüfft, wie magisch Vernons Zauberladen sich anfühlte, selbst als er ihn zum ungefähr tausendsten Mal betrat.

Die Luft schien zu schimmern. Licht fiel durch die Schaufenster bis in die hinterste Ecke und erhellte die rissigen Ledereinbände staubiger Bücher mit geheimnisvollen Symbolen darauf. Kristallkugeln, Spielkarten und Pyropapier türmten sich auf Tischen, Seile, Umhänge, mehrfarbige Tücher und schwarze Seidenzylinder quollen aus Regalen. (Und ein Kaninchen *namens*

Zylinder hüpfte in den Gängen dazwischen herum. Albern, ich weiß!)

»Ich habe Hokuspokus weggesperrt.« Mr Vernon nickte unauffällig in Richtung der Bücherregale im hinteren Teil des Ladens. »Im *Ihr-wisst-schon-was.*«

Die Magischen Sechs steuerten auf das Geheimquartier zu, das sie für die Treffen ihres Zauberclubs benutzten. Ridley drängte sich an den anderen vorbei, wirbelte in ihrem Rollstuhl herum und räusperte sich laut. »Das ist weit genug«, bemerkte sie an Emily gewandt und hob eine Augenbraue.

Ein verräterisches Kreischen drang durch eins der Regale.

Emily sah aus, als müsste sie ein Grinsen unterdrücken. »Lasst mich raten: Hinter dem Regal versteckt sich eine Geheimtür. Und dahinter der Affe.«

»Wie kommst du denn darauf?«, fragte Carter ertappt.

»Sag nicht, dass du eine Hellseherin bist. Mit denen hatten wir in letzter Zeit schlechte Erfahrungen«, meinte Olly.

Izzy sprang schwungvoll vor. »Ich mache den Test! An welche Form denke ich gerade? Wenn du jetzt auf Dreieck kommst, dann … Huch, äh, warte.«

»Ich bin keine Hellseherin«, erwiderte Emily. »Aber da hinter der Wand kreischt ganz eindeutig ein Affe.«

Plötzlich stand Mr Vernon neben den Kindern. »Sehr scharfsinnig, junge Dame.« Er hielt Emily die weiß behandschuhten Finger hin. Als sie sie ergreifen wollte, erschien wie aus dem Nichts ein silbern funkelnder Blumenstrauß. Sie riss überrascht die Augen auf.

»Das ist Emily«, stellte Theo sie vor. »Ihrem Vater gehört der Musikladen hier in der Straße, aus dem ich meine Geige habe. Sie verbringt die Sommerferien bei ihm.«

Mr Vernon legte den Kopf schief, und seine Augen glitzerten wissend. »Aber natürlich! Wie geht es meinem alten Freund Mick?«

»Sehr gut, danke.« Emily schüttelte Mr Vernon die Hand. »Schön, Sie wiederzusehen.«

»Sonderbar, dass das nicht öfter vorkommt, Emily. Die meisten jungen Leute, die in Mineral Wells wohnen, schauen zumindest einmal im Jahr im Zauberladen vorbei.«

»Na ja, ich wohne nicht in Mineral Wells«, sagte Emily. »Und außerdem interessiere ich mich gar nicht so sehr für Zauberei.«

Das Schimmern im Zauberladen erlosch. Theos Brust wurde auf einmal eiskalt, aber das lag wahrscheinlich nur daran, dass dort immer noch der Matsch klebte.

Als Emily ihrer aller Mienen bemerkte, stammelte sie: »Also, ich … ich *mag* Zauberei. Aber ich habe kein Talent dafür. Nicht so wie ihr. Mr Vernon, wissen Sie, was die sechs hier …«

»Aber ja.« Mr Vernon lächelte. Die Stimmung im Laden entspannte sich. Er hob eine Augenbraue und musterte die Kinder. »Wie war die heutige Probe? Nicht gerade reibungslos, was?«

»Es lief super, bis Theo den Teddybären fallen gelassen hat«, erklärte Ridley.

Theos Wangen brannten vor Verlegenheit. »Ich glaube, Mr Vernon meint die Bande, die uns behelligt hat.« Er deutete auf sein beschmutztes Hemd.

»Sehr richtig«, sagte Mr Vernon. »Alles in Ordnung mit dir, mein Junge?«

»Ihm geht's gut«, schaltete Olly sich ein.

»Aber seine Gedanken waren auf Wanderschaft«, ergänzte Izzy.

»Meinen Gedanken geht es auch gut!« Theo versuchte, sich seinen Frust nicht anmerken zu lassen.

Mr Vernon schaute ihm in die Augen. »Bist du dir sicher? Macht dir irgendetwas Sorgen?«

Eigentlich wollte Theo nicht darüber reden, während Emily dabei war, aber schließlich ließ er die Schultern sinken. »Ich dachte, ich hätte Kalagan gesehen. Deshalb habe ich meinen Trick vermasselt. Da war ein ganz in Schwarz gekleideter Mann mit Umhang und Zylinder auf dem Marktplatz. Der hat uns beobachtet.«

Die Magischen Sechs wechselten nervöse Blicke.

»*Kalagan?*«, wiederholte Mr Vernon. »Das halte ich für sehr unwahrscheinlich. Vielleicht solltest du eine andere Möglichkeit in Betracht ziehen …« Er deutete auf seinen schwarzen Frack, den Umhang und den Zylinder.

»Heißt das …« Theo legte die Stirn in Falten. »Das waren Sie?«

Mr Vernons Augen funkelten. »Nun ja, ich wollte mir ansehen, wie viel Fortschritte ihr gemacht habt.«

»Also hat Kalagan uns nicht beobachtet?«, fragte Carter.

Kreeeiiisch!

Alle zuckten zusammen, als der Affe noch einmal nachdrücklich Aufmerksamkeit verlangte. Ridley rollte zum Bücherregal hinüber. »Halt dir kurz die Augen zu,

Emily!« Sie griff nach dem Buch, das die Geheimtür öffnete, und schon schoss Hokuspokus wie vom wilden Affen gebissen durch den Laden. Schnell schob Ridley das Buch zurück, und die Tür schwang wieder zu.

Die Hände immer noch vor den Augen, fragte Emily: »Wer ist Kalagan?«

»Ein böser Mann, der böse Dinge in Mineral Wells tun wollte«, meinte Theo. »Die Geschichte ist lang und unschön.«

Emily nahm die Hände weg und schaute ihn an. »Das musst du mir irgendwann mal erzählen.« Hokuspokus sprang neben ihr auf den Verkaufstresen. Sie schrie erschrocken auf und lachte dann.

»Würdest du mir das Affenfutter geben?«, bat Carter Mr Vernon.

»Das kann ich leider nicht«, antwortete der.

»*Da-aaad*«, stöhnte Leila. »Stell dich nicht so an, der Sack steht unter der Theke.«

»Wer stellt sich hier an? Ich ganz bestimmt nicht. Vor allem, wenn der Sack genau dort ist, wo er sein soll. Nicht stolpern, Carter!«

Carter schwankte, als er mit den Fersen gegen den Affenfuttersack stieß, der plötzlich hinter ihm aufgetaucht war. »Danke.« Kichernd schnürte er ihn auf, um ein paar Körner und Nüsse in Hokuspokus' Napf zu kippen. Sofort flitzte der Affe herbei und stopfte sich gierig den Rachen voll. Auf der Empore über ihren Köpfen kreischte Leilas Papagei, eine Gelbnackenamazone, neidisch.

Leila klopfte sich auf die Schulter. »Komm her, Fidibus!« Der Vogel flog zu ihr und landete. Emily streckte ihm vorsichtig die Hand hin, und Fidibus rieb den Schnabel an ihren Knöcheln.

»*Sieben Igel essen ihre Schwiegermütter. Taube Säue aber umgarnen blöde Eber rigoros*«, krächzte er.

Emily wirkte gleichzeitig beeindruckt und verwirrt. Den Magischen Sechs war das seltsame Geplapper des Papageis schon so vertraut, dass sie gar nicht mehr reagierten.

»Wie haben Sie den Futtersack so schnell bewegt, ohne dass wir es bemerkt haben, Mr Vernon?«, fragte Emily.

Mr Vernon presste sich die Hand auf die Brust. »Indem ich euch immer einen Schritt voraus war. Das würde ich jedem Talentshowteilnehmer empfehlen. Angehende Zauberer sollten auf alles vorbereitet sein. Und sich mehrere Hintertürchen offenhalten, falls etwas Unerwartetes passiert.«

»Hintertürchen?«, hakte Izzy verständnislos nach.

»Das Gegenteil von Vorderwändchen«, erklärte Olly und boxte ihr gegen den Arm.

Carter schüttelte den Kopf. »Das bedeutet, dass Zauberer immer einen Plan B brauchen, oder? Mein Onkel Sly und ich haben uns immer als Erstes alle Ausgänge eingeprägt, wenn wir in ein neues Heim ... äh, ein neues *Haus* gekommen sind.« Carter hatte sich noch nicht ganz daran gewöhnt, dass er bei den Vernons lebte. Früher war er mit seinem Trickbetrügeronkel so viel herumgereist, dass er selbst jetzt noch gelegentlich auf dem Boden schlief, für den Fall, dass er ganz schnell aufbrechen musste. Das hatte er Theo zumindest erzählt, als er das letzte Mal über seine Vergangenheit gesprochen hatte.

»Exakt«, sagte Mr Vernon. »Bevor ihr auf die Bühne geht, müsst ihr für diverse Szenarien üben. Erwartet das Unerwartete. Eigentlich ist das auch ein wertvoller Ratschlag fürs Leben. Wer so denkt, der wird entdecken, dass sogar eine Sackgasse *mehr* sein kann als nur ein auswegloses Ende.«

»Weil ein Ende manchmal ein neuer Anfang ist?«, fragte Leila.

»Gut mitgedacht, mein Schatz.« Mr Vernon lächelte geheimnisvoll. »Eine Sackgasse kann ein Sammelpunkt sein oder eine Geheimtür oder eine Falle für Feinde.« Er warf einen Blick in die Runde. »Nicht jeder ist so stark und wendig wie eure neue Freundin Emily.«

Emily zuckte selbstbewusst mit den Schultern. »Ich hatte Kampfsportunterricht. Ich bin gar nicht so stark, aber ich kann jemanden aus dem Gleichgewicht bringen.«

»Eine sehr wertvolle Fähigkeit. Die heute besonders nützlich war, als unsere sechs Magier mit dem Rücken zur Wand standen.«

»Soll das heißen, dass wir alle Karate lernen müssen, Dad?«, fragte Leila.

»Nur, wenn ihr Lust habt. Was ich eigentlich meine, ist, dass Magie auch Wunder bewirken kann.«

»Und Musik!«, fügte Theo hinzu, als er daran dachte, wie leicht seine Geige die Zuschauer bezaubern und ablenken konnte.

»Apropos Musik ...«, warf Emily ein. »Ich sollte wohl mal nach Hause. Mein Vater macht sich oft Sorgen, wenn ich verschwinde.«

»Warum das denn?«, fragte Olly.

»Wir applaudieren, wenn jemand verschwindet.« Izzy drehte sich einmal im Kreis.

Emily lachte und winkte allen zum Abschied, sogar Hokuspokus und Fidibus, ehe sie aus dem Laden schlüpfte.

»Es war nett von dir, sie einzuladen, Leila«, sagte Mr Vernon. »Jeder braucht Freunde.«

»Stimmt.« Leila setzte Fidibus wieder auf seine Stange neben der Tür.

»Augenblick mal!« Ridley hob die Hände. »Seit wann ist sie unsere Freundin?«

»Sie hat uns geholfen«, erwiderte Leila. »So was machen nur Freunde.«

»Aber die Magischen Sechs brauchen nicht noch mehr Mitglieder.«

»Sie hat nie behauptet, dass sie in unseren Zauberclub eintreten will«, meinte Theo. »Offenbar will sie gar nichts mit Magie zu tun haben.«

»Nicht-magische Freunde geben oft das beste Publikum ab.« Mr Vernon lüftete den Hut. Darunter kam eine kleine Aufziehlibelle hervor, die knapp über den Köpfen der Kinder durch den Laden schwirrte. »Mit

Freunden kann man sich sicher sein, dass zumindest irgendwer aufkreuzt.«

»Also, ich mag sie«, sagte Leila.

»Da sind wir schon zwei«, meldete sich Olly.

»Dreihundertsiebenundachtzig!«, rief Izzy.

Theo wollte sich anschließen (und »vier« sagen, nicht »vierhundertsiebenundachtzig«), aber aus irgendeinem Grund schien er einen Knoten in der Zunge zu haben. Nachdem er das Innenleben seines Munds entwirrt hatte, räusperte er sich. »Wenn wir sie fragen, ob sie mit

uns … Zeit verbringen will, kann sie uns vielleicht vor Fieslingen wie diesem Trevor beschützen.«

»Das kriegen wir auch selbst hin«, schoss Ridley zurück.

»Ja, was für ein Glück, dass ihr Freunde habt, die aufeinander aufpassen«, bemerkte Mr Vernon, bevor er ans klingelnde Telefon ging.

Leila fing die mechanische Libelle ein. »Freundschaften brauchen keinen Grund.«

»Es wäre nett, jemand Neues dabeizuhaben, dem wir Streiche spielen können«, meinte Olly.

»So oder so, ich finde, wir sollten Emily zu unserer nächsten Probe einladen«, sagte Theo. »Sie ist …« Worte schwirrten ihm durch den Kopf. Er entschied sich für das harmloseste. »Anders.«

»Anders?«, wiederholte Ridley. »Als was?«

Theo wählte seine Antwort mit Bedacht. »Als die Norm. Nichts. Ist auch egal.«

Ridley verdrehte die Augen und wandte sich in Richtung Geheimtür. Das versetzte Theo einen Stich. *Was sollte das?* Er war an Ridley und ihre Schroffheit gewöhnt, aber heute war sie schon den ganzen Tag besonders reizbar.

Plötzlich änderte sich Mr Vernons Tonfall, wurde angespannt. »Interessant«, sagte er in den Telefonhörer am Verkaufstresen. Als er die Blicke der Kinder bemerkte, drehte er ihnen den Rücken zu. Trotzdem konnte Theo Teile der geflüsterten Unterhaltung verstehen. »Selbstverständlich müssen wir uns sofort darum kümmern … Ja, ich kann heute Abend da sein.«

Mr Vernon legte auf. Er wirkte tief besorgt. Einen solchen Ausdruck hatte Theo erst einmal in den Augen des Magiers gesehen – vor ein paar Wochen, genau hier im Zauberladen, als die ehemaligen Trauerclowns sie angegriffen hatten.

Leila eilte zu ihm. »Was ist los, Dad?«

»Es scheint, als müsste ich verreisen.«

»Was? Warum?«, fragte Carter.

Mr Vernons Antwort war wohlüberlegt. »Erinnert ihr euch an die Namensliste aus dem Kassenbuch? Die Leute in meiner Zaubergesellschaft, die ich beschützen wollte?« Die Kinder nickten beinahe synchron. »Offenbar wurden ein paar von ihnen kompromittiert. Von Kalagan selbst.«

»Ich dachte immer, Kompromisse wären was Gutes«, meinte Carter.

Mr Vernon schüttelte den Kopf. »Das ist nicht dasselbe. Kalagans Einfluss ist größer, als wir dachten, und er hat es geschafft, an Informationen über unsere Mitglieder zu gelangen, die gegen sie verwendet werden können. Vielleicht hat er auch noch einen anderen Weg gefunden, um uns zu schaden. Wir müssen uns treffen, damit wir das weitere Vorgehen planen können.«

»Dann kommen wir mit«, rief Leila. »Wir können euch helfen!«

»Wenn ich euch in Mineral Wells in Sicherheit weiß, seid ihr mir eine größere Hilfe«, erwiderte Mr Vernon. »Außerdem sollte irgendwer ein Auge auf die Tiere haben.«

»Wen nennen Sie hier ein Tier?«, fragte Izzy und hob die Fäuste wie bei einem Boxkampf.

»Na, die *Tiere*«, antwortete Olly und nahm ebenfalls eine Kampfstellung ein. »Zylinder. Fidibus. Hokuspokus. Und unsere Mäuse oben im Berghotel.«

»Ach so. Und warum kämpfen wir dann?«

»Wenn ihr mich entschuldigen würdet …« Mr Vernon eilte in Richtung Wendeltreppe. »Ich muss einen Zug heraussuchen und packen und den anderen Mr Vernon anrufen, um ihm alles zu erklären.«

»Dürfen wir wenigstens mit zum Bahnhof?«, fragte Theo.

»Dagegen spricht von meiner Seite aus nichts«, meinte Mr Vernon. »Wenn es für eure Eltern in Ordnung ist. Es ist schon ziemlich spät.«

Theo schnitt eine Grimasse. Für seine Eltern war es ganz sicher *nicht* in Ordnung.

Aber manchmal gingen Freunde vor.

VIER

Weniger als eine Stunde später trafen die Magischen Sechs zusammen mit den beiden Mr Vernons am Bahnhof von Mineral Wells ein.

Der andere Mr Vernon war früher von der Arbeit nach Hause gekommen und hatte Theo, Ridley und Carter in seinem holzgetäfelten Kombi mitgenommen. Mr Vernon war mit Leila, Olly und Izzy in einem großen gelben Taxi gefahren. Alle warteten schweigend, während er sich ein Zugticket kaufte, dann folgten sie ihm zum Bahnsteig.

Theo warf einen Blick nach rechts und links. Die Gleise verschwanden in der Ferne.

Er hatte keinen Schimmer, wohin Mr Vernon unterwegs war, weil der sich geweigert hatte, ihnen sein Ziel zu verraten. Wahrscheinlich wusste nur der andere Mr Vernon mehr.

Theo hatte seinen Eltern nicht Bescheid gegeben. Er schaute seine Freunde an, besonders zwei von ihnen. Leilas Augen waren feucht, und Carters Miene war banger denn je. Die beiden waren allen Ärger wert.

»Rufst du an, sobald du da bist?«, bat Leila ihren Dad.

»Wenn ich kann«, antwortete Mr Vernon. »Ich versuche es auf jeden Fall.«

»Meinst du, Kalagan kommt vielleicht nach Mineral Wells?«, fragte Carter.

Der andere Mr Vernon legte ihm die Hand auf die Schulter. »Nicht, solange ich da bin.« Carter drückte seine Finger, wirkte aber weiterhin besorgt.

»Du musst doch arbeiten, Paps«, schalt Leila. »Ist nicht gerade Hauptsaison?«

»Ach, im Berghotel ist immer viel los.« Der andere Mr Vernon rieb sich den gestutzten Bart. »Aber ihr seid wichtiger. Ich habe ein gutes Team. Wir kriegen das schon hin.«

»Also, *ich* finde ja, wir können auf uns selbst aufpassen«, brummte Ridley. »Das haben wir früher auch geschafft.«

Mr Vernon hob eine Augenbraue. »Jetzt ist nicht die richtige Zeit, um sich aufs hohe Ross zu setzen. Hybris kommt vor dem Fall.«

»Hü, Briss?«, fragte Izzy unschuldig. »Wer gibt seinem Pferd denn so einen dämlichen Namen?«

»Nein, Hy Bris ist bestimmt ein schwedischer Möbelhersteller«, meinte Olly.

»*Hybris*«, wiederholte Mr Vernon. »Hochmut. Der macht Magier faul. Erinnert euch an meine Worte heute im Zauberladen: Erwartet das Unerwartete.« Er schaute Ridley an. »Du weißt nie, wann ein Zuschauer dir einen Knüppel zwischen die Speichen wirft.« Dann wandte er sich an die Zwillinge. »Oder wann ihr euer Timing falsch kalkuliert.« An Carter. »Oder wann du auf die falsche Karte setzt.« An Leila. »Oder die Knoten zu fest ziehst.« Und schließlich an Theo. »Hab immer ausreichend Gegenstände auf der Bühne, die leicht genug sind, um zu schweben. Und bereitet euch beim Üben auf alles vor, wenn mal etwas schiefläuft. *Wenn*, nicht *falls*! Eines Tages geht zwangsläufig etwas daneben. Lasst euch nicht überrumpeln. Durchdenkt alles. Und gebt die Kontrolle nicht an diejenigen ab, die sie euch entreißen wollen.«

»Machen wir, Dad«, sagte Leila. »Versprochen.«

»Versprochen«, wiederholten die anderen im Chor, schauten sich überrascht an und lächelten.

»Und am allerwichtigsten …« Mr Vernon beugte sich vor und flüsterte: »Verliert nie aus dem Blick, was euch verbindet. Eure Freundschaft, euren Zusammenhalt, eure Liebe.«

»*Liebe?*« Ridley verzog den Mund. »Igitt!«

»Ich rede nicht von romantischer Liebe, Ridley«, erwiderte Mr Vernon mit einem nachsichtigen Lächeln. »Liebe kann auch Gemeinschaft bedeuten. Zusammen seid ihr sechs immer am stärksten. Vergesst das nicht.«

Ein entferntes Tuten erklang. Der Zug fuhr ein. Der andere Mr Vernon trat vor und scheuchte die Kinder und seinen Ehemann weg von der Bahnsteigkante.

Bald schon tauchte eine große schwarze Dampflok auf, die Rauchwolken in den Himmel blies. Sie rumpelte an ihnen vorbei bis ans Ende des Bahnsteigs. Die lange

Reihe Passagierwaggons kam vor ihnen zum Stehen. Wie aus dem Nichts hatte sich plötzlich eine Menschenmenge gebildet, mit Zugtickets und Gepäck und Souvenirs aus dem Berghotel. Der Schaffner hüpfte ganz in der Nähe die Stufen eines Waggons herunter und rief: »Einsteeiiigen bitte!«

»Nun muss ich mich von euch trennen«, sagte Mr Vernon dramatisch. Er küsste Leilas Wange und Carters Kopf, umarmte den anderen Mr Vernon und winkte den übrigen Kindern zum Abschied. Dann riss er sich den Umhang von den Schultern und hielt ihn vor seine Reisetasche. Als er ihn wegzog, war die Tasche verschwunden.

Die Kinder schnappten nach Luft und klatschten begeistert. Der Magier verneigte sich anmutig, ehe er sich selbst in den Umhang hüllte. Der glänzende Stoff fiel zu Boden, und Mr Vernon war nirgendwo mehr zu sehen. Er hatte sich in Rauch aufgelöst.

»Dad!«, rief Leila besorgt.

Ein Zylinder tauchte im Fenster des nächstgelegenen Waggons auf und darunter Mr Vernons lächelndes Gesicht. Der Magier winkte den Kindern durch die Scheibe zu. Der andere Mr Vernon bückte sich, hob den zerknautschten Umhang auf und reckte ihn in die Höhe. »Dante! Du hast da was vergessen!«

Mr Vernon öffnete das Fenster und streckte den Arm hinaus. Der andere Mr Vernon reichte ihm den Umhang und ließ erst nach einer ganzen Weile los.

»Bis bald«, sagte Mr Vernon noch, bevor der Schaffner wieder einstieg und der Zug aus dem Bahnhof tuckerte.

* * *

»Du bist zu spät, Theo«, mahnte Leo.

»Jetzt mussten *wir* den Tisch decken«, meinte Gio.

»*Ich* habe den Tisch gedeckt, Gio«, verbesserte Cleo.

»Und ich verhungere gleich, Cleo«, erklärte Fiona. »Lasst uns endlich essen.«

Theos ältere Geschwister waren seit ein paar Tagen in Mineral Wells zu ihrem alljährlichen Sommerbesuch. Sie hießen Leonard, Giovanni, Cleopatra und Fiona, aber alle nannten sie Leo, Gio, Cleo und Fiona. Leo war der Älteste. Er spielte Cello in einem Orchester in New York City. Dann kam Gio, der Bassgitarrist in einer angesagten Hochzeitsband aus der Nähe von San Francisco war. Cleo, die Dritte im Bunde, unterrichtete Klavier an einer renommierten Musikschule in Boston. Und Fiona sang als Mezzosopran in Opernhäusern auf der ganzen Welt. Sie waren geradezu furchteinflößend talentiert. Theo verbrachte unverhältnismäßig viel Zeit damit, sich zu sorgen, dass er niemals ihre schon jetzt gewaltigen Fußstapfen würde ausfüllen können.

Sie saßen am Esszimmertisch und starrten ihn an. Seit ihrer Ankunft konnte man kaum durch den Flur laufen, ohne die Ellbogen einzuziehen. »Bitte entschuldigt.« Theo stand im Türrahmen, und seine Wangen

wurden heiß. »Meine Freunde und ich mussten uns um einen Notfall kümmern.«

Seine Mutter riss die Augen auf. »Einen Notfall? Geht es allen gut? Geht es dir gut, Theo?« Sie eilte zu ihm und befühlte seine Stirn.

»Aber ja. Ich habe mit meinen Freunden für die Talentshow geprobt, und Mr Vernon musste plötzlich weg. Wir haben ihn zum Bahnhof begleitet.«

»Und wo ist da der Notfall?« Leo schüttelte den Kopf.

»Und was ist mit deinem Hemd passiert?«, fragte Gio.

Theo schaute auf seine feuchte Brust hinunter, und seine Gedanken wanderten zu den Fieslingen im Park zurück. »Es ist schmutzig geworden, und ich habe den Fleck im Zauberladen ausgewaschen.«

»Gibst du dich immer noch mit solchem Kinderkram ab, Brüderchen?«, warf Fiona ein. »Ich dachte, du wärst inzwischen zu alt für dieses Zauberzeug.«

Der herablassende Ton seiner Schwester verletzte Theo. Am liebsten hätte er erwidert: *Das bin ich hoffentlich nie!* Stattdessen sagte er: »Nein.«

Sein Vater seufzte. »Zieh dich schnell um und komm zum Essen. Deine Mutter und ich haben unseren berühmten Kirsch-Walnuss-Hackbraten gemacht. Und der wird kalt.«

Theo rannte die Treppe hinauf in sein Zimmer, schlüpfte in ein frisches weißes Hemd und die alte Frackjacke, band sich die Fliege wieder um und gesellte sich zu seiner Familie ins Esszimmer.

Seine Mutter lächelte. »Ach, es ist so schön, euch alle hier zu haben. Ich wünschte, ihr würdet näher wohnen.«

Theo versuchte vergeblich, den hässlichen Gedanken zu unterdrücken, der ihm durch den Kopf schwirrte: *Ich wünschte das genaue Gegenteil.*

✶ ✶ ✶

Später, als er seinen Schlafanzug angezogen und das Licht ausgeknipst hatte, gingen seine Gedanken wieder auf Wanderschaft. Er dachte an Emily Meridian, daran, wie sie diesen Fiesling Trevor zu Boden geschickt hatte. Der Haken, der Schritt, die Drehung. Sie war so geschickt! Trotzdem war es die Erinnerung an ihr Lächeln, die ihm ein komisches Gefühl in der Brust verursachte.

Ehe er sich's versah, flog er hoch über Mineral Wells, und Emily flog gleich neben ihm. Im Mondlicht wogte ihr das Haar um den Kopf wie Seegras auf den Wellen des Meers. Die Sterne schienen hell, und die Stadt unter ihnen glich der Miniatur im Schaufenster des Spielzeugladens auf der Main Street. Von Kalagan zum Glück keine Spur.

»Komm mit«, flüsterte Emily Theo zu, und schon gingen sie in den Sturzflug über. Die Nachtluft peitschte an ihren Gesichtern vorbei, und sie jauchzten und schrien und grinsten, während sie auf und ab und kreuz und quer über den Himmel schossen. Theo hoffte, dass dieser Traum nie enden würde.

Taubengurren drang ihm an sein Ohr. Er schaute sich nach seinen Vögeln um, die sich Emilys und seinem wilden Flug angeschlossen haben mussten. Doch die Geräusche kamen gar nicht aus seinem Traum … Er öffnete die Augen und setzte sich auf. Die Tauben saßen auf dem Fensterbrett. Allein die Scheibe trennte sie von seinem Zimmer.

Er hatte sie völlig vergessen!

Schnell sprang er aus dem Bett, schlüpfte in seine Hausschuhe und sprintete zur Hintertür, die in den Garten führte. Dort befand sich der nur unvollständig belegte Taubenschlag.

Die Luft war kühl. Ein Windstoß überzog Theos Arme mit Gänsehaut. Er blickte hinauf zu seinem Fenster und schnalzte mit der Zunge, um die Tauben zu sich zu rufen. Dann öffnete er die Drahttür, und die drei Vögel gesellten sich zu den anderen, die, verärgert über die späte Störung, mit den Flügeln raschelten.

Theo schlug sich gegen die Stirn. »Dumm, dumm, dumm«, flüsterte er vor sich hin. Wieso hatte er seine Tauben bloß draußen auf dem Marktplatz vergessen? Sie hätten von Katzen gefressen werden können! Oder von Kojoten! Oder Bären! (Okay, von Bären vielleicht nicht. Bären fressen größere Beute wie Geschwister, Lehrer, Eltern. *Schnell, du musst sie warnen!* … Schon zurück? Puh, das war knapp!)

War er zu sehr auf Emily fixiert gewesen, um an die Vögel zu denken? Oder hatte Mr Vernons Abreise ihn abgelenkt? Womöglich forderte auch all der Wahnsinn, der Mineral Wells diesen Sommer heimgesucht hatte, allmählich seinen Tribut. Theos Freunde durften niemals davon erfahren. Nach seinem Missgeschick bei der Probe würden sie sich sonst fragen, ob wirklich etwas mit ihm nicht stimmte. Er wollte, dass sie ihn für perfekt hielten, perfekter als jeden anderen. Nur deshalb hatten sie ihn gerne dabei, da war er sich sicher – weil er ihnen imponierte. Mit seinen Fracks. Seiner Ausdrucksweise. Dem Geheimnis um seinen Schwebebogen.

Eins musste er allerdings zugeben: Es war anstrengend, ständig so perfekt zu sein.

Ein tiefer Klang erfüllte die Luft und brachte Theos ohnehin schon kribbelnde Haut zum Vibrieren. Als er sich umdrehte, entdeckte er seinen ältesten Bruder Leo mit dem Cello zwischen den Beinen auf einem Gartenstuhl. Theo hielt den Atem an. Leo führte den Bogen über die Saiten und entlockte ihnen geheimnisvolle Klänge. Seine Haut wirkte im Mondlicht beinahe blau. Schließlich schaute er auf und erwiderte Theos Blick.

»Was machst du hier draußen, Leo?«

»Ich habe heute nicht genug geübt, und drinnen kann ich jetzt nicht mehr spielen, ohne alle zu wecken.«

»Aber die Fenster sind offen, sie hören dich trotzdem.«

»Dann soll meine Musik sie in den Schlaf wiegen.« Leo lächelte. »Und was machst *du* hier draußen, Brüderchen?«

»Ich … ich wollte nach meinen Tauben sehen. Sichergehen, dass alle da sind.«

»Aber das waren sie nicht, oder?«

Anscheinend hatte Leo alles beobachtet. Theo senkte den Blick und schüttelte den Kopf.

»Was ist los mit dir, Theo? Du bist nicht du selbst, seit Gio, Cleo, Fiona und ich da sind.«

Theo wusste nicht, was er sagen sollte. Konnte er bei seiner Familie überhaupt *er selbst* sein? »Diesen Sommer sind ein paar seltsame Dinge passiert, die mich beschäftigen«, antwortete er schließlich. »Aber damit werde ich schon fertig.«

»Du hast sicher recht«, meinte Leo. »Aber falls nicht – weißt du, was mich immer auf den Boden holt?« Kopfschütteln. »Meine Musik.«

Theo unterdrückte ein Seufzen. Er ahnte, wohin dieses Gespräch führen würde, und dahin wollte er auf keinen Fall.

»Vater sagt, du übst nicht mehr regelmäßig. Stimmt das?«

»Ich übe anderes.«

»Zaubern.«

»Ja. Zaubern. Meine Freunde und ich sind recht gut geworden. Besser als die meisten in dieser kleinen Stadt.«

»Sehr beeindruckend. Aber Kinder sind oft gut in Dingen, für die sie später keinerlei Verwendung haben.« *Kinder?* Theo zuckte zusammen, als wäre das Wort eine Beleidigung. Sein Bruder fuhr fort: »Was hast du denn vor mit deiner … Magie?«

Am liebsten hätte Theo geantwortet: *Menschen ein Lächeln ins Gesicht zaubern, Zeit mit meinen Freunden verbringen und diese Stadt vor den bösen Mächten beschützen, die sie bedrohen.* Allerdings klang der letzte Teil ein bisschen theatralisch.

»Ich will dir nichts vorschreiben …« Leo stand auf und legte ihm einen Arm um die Schultern. »Aber ich weiß, wovon ich rede. In deinem Alter fängt alles an, sich zu verändern. Und dein Talent für die Musik ist wie das Meer. Gerade türmt sich eine Welle auf. Entweder segelst du auf ihr in die Zukunft, oder du verpasst sie.«

Theo schwieg kurz. Dann sagte er: »Du klingst genau wie Vater.«

»Gut. Du solltest auf uns hören. Wir haben Erfahrungen, die du nicht hast.« Theo starrte seinem Bruder tief in die Augen und dachte: *Das könnte ich auch sagen.* »Mutter und Vater haben uns erzählt, dass du diesen Sommer in irgendwelche Schwierigkeiten geraten bist. Sind das die ›seltsamen Dinge‹, die du erwähnt hast?«

Theo wurde schwindelig. Sein Bruder sprach über Bosso und Sandra und Kalagan. »Darum geht es also.«

»Wir sind bloß besorgt um deine Sicherheit«, meinte Leo. Theo atmete geräuschvoll aus. »Du bist wütend auf mich, das sehe ich. Und das ist auch in Ordnung. Aber lass mich noch eins sagen: Freunde kommen und gehen, aber wir sind deine Familie und werden es auch immer bleiben. Ich kenne dich schon seit deiner Geburt, und du hast wirklich Talent, Theo. Talent, das ein Leben lang währen könnte … wenn du nur übst.«

Theo nickte, und sein Ärger zerstreute sich in der kühlen Dunkelheit. Aus den nahen Wäldern drang das Zirpen und Quaken von Grillen und Fröschen. Er umarmte Leo, wünschte ihm eine gute Nacht und ging wieder hinein.

Während er zurück ins Bett kroch, lauschte er der traurigen Melodie seines Bruders draußen im Garten und dachte an seine Worte über das Auf-den-Boden-Holen.

Es reichte mit den Flugträumen, zumindest für heute Nacht.

FÜNF

Am nächsten Morgen übte Theo Geige mit seinem Vater, der ihn ermutigte und ihm Ratschläge gab. Theo genoss die gemeinsame Zeit, und auch sein Vater freute sich, das sah er ihm an.

Deshalb verzog Theo auch keine Miene, als Ridley anrief und fragte, ob er mit zum Berghotel kommen könne. Er brauchte nicht noch mehr Ärger mit seiner Familie. Das Telefon hing im Wohnzimmer, wo sich seine Geschwister drängten, und sie sollten nicht herausfinden, dass er mit einer seiner Zauberfreundinnen sprach.

»Olly und Izzy wollen uns was zeigen«, meinte Ridley. »Was Wichtiges, haben sie gesagt.«

Theo zog einen sauberen Frack an und gab seiner Mutter Bescheid. »Aber sei pünktlich wieder da, damit du den Tisch decken kannst«, mahnte sie so leise, dass die anderen es nicht hörten. »Keine Ausreden diesmal. Und *keine* Notfälle.«

»Ja, Mutter.« Damit schlüpfte Theo aus der Tür, um sich mit Ridley, Leila und Carter zu treffen. Gemeinsam machten sie sich auf den steilen Weg zu den Golden-Zwillingen.

Das Berghotel thronte hoch über Mineral Wells. Seine weiße Schindelverkleidung, die grünen Fensterläden und das dunkle Giebeldach verliehen ihm die Eleganz eines Landsitzes, die es von den wenigen anderen Hotels in der Gegend abhob. Die Gäste kamen von nah und fern, um der Vielzahl angebotener Aktivitäten zu frönen: Man konnte tanzen, schwimmen, segeln, Gymnastik machen, auf Bäume klettern und sich im mineralienreichen Wasser der natürlichen Quellen räkeln, die aus den Tiefen der Erde sprudelten. Das Berghotel war schon lange vor Theos Geburt da gewesen, und es würde auch noch da sein, wenn er erwachsen war. Es gab das

Hauptgebäude mit den Gästezimmern, ein Restaurant (geführt vom anderen Mr Vernon), ein Theater, in dem kleinere und größere Aufführungen stattfanden, und mehrere Nebengebäude, in denen die Gäste entspannten, Kurse besuchten oder Spiele spielten.

Erst vor Kurzem hatten die Magischen Sechs entdeckt, dass es im Berghotel von jahrzehntealten Geheimnissen und Rätseln wimmelte und dass Mr Vernons ehemaliger Zauberclub, der Smaragd-Ring, sich früher in einem baufälligen alten Flügel des Haupthauses versammelt hatte, der jetzt größtenteils verlassen war. Vor ein paar Wochen hatten Gäste befürchtet, es würde dort spuken, aber nachdem die Kinder Madame Esmeralda – Sandra Santos – als Hochstaplerin entlarvt hatten, war dieses Gerücht, zusammen mit einigen weiteren, verstummt.

Ein anderes Gerücht allerdings bekamen die Freunde nicht so leicht aus dem Kopf: dass der junge Dante Vernon für das Feuer verantwortlich gewesen sein sollte, das den Flügel zerstört hatte. Das hatte ein Portier den Kindern verraten, und es war wirklich ein starkes Stück. Keiner von ihnen konnte sich vorstellen, dass ihr gütiger Zaubermentor etwas so Schreckliches tun würde. Als sie ihn danach gefragt hatten, hatte Mr Vernon angedeutet, Kalagan sei der wahre Missetäter. Aber alles in allem war er nicht gerade mitteilsam gewesen.

Theo, Ridley, Leila und Carter warteten in der Lobby auf den Aufzug. »Weiß einer von euch, was genau die Zwillinge uns zeigen wollen?«, fragte Theo.

Leila schüttelte den Kopf. »Sie waren sehr geheimnisvoll am Telefon.«

Ridley verdrehte die Augen. »Wahrscheinlich ist das Ganze nur wieder ein ausgeklügelter Streich.«

Theo lächelte. »Wenigstens sehen wir so endlich, wo sie wohnen.« Mit einem *Ping* glitten die Aufzugtüren auf. Er folgte den anderen in die Kabine.

Gleich würden sie zum ersten Mal die Suite der Zwillinge zu Gesicht bekommen, und Theo hatte keinen Schimmer, was er erwarten sollte. Karierte Tapeten? Eine Lachaufnahme, die einen begrüßte, wenn man durch die Tür trat? Metallböden, die Steppgeräusche machten, wenn man darüberlief?

»Habt ihr alle gut geschlafen?«, fragte Ridley, während die Aufzugtüren sich hinter ihnen schlossen.

»Großartig.« Theo zog eine Grimasse.

»Wie schön!«, rief Leila, die seinen Gesichtsausdruck nicht bemerkt hatte. Dann verdüsterte sich ihre Miene.

»Es fühlt sich zu Hause komisch an ohne meinen Dad. Er hat doch nicht mehr angerufen, um uns zu sagen, dass er heil angekommen ist ... wo auch immer.«

»Ihm geht's sicher gut.« Aber Carters zitternde Stimme klang ganz und gar nicht sicher.

Ridley nickte. »Er ist ein kluges Köpfchen. Er weiß schon, was er tut. Wer kümmert sich um den Zauberladen?«

Leila strich sich übers Haar. »Paps hat entschieden, den Laden zu schließen, während Dad auf Geschäftsreise ist. Hoffentlich bleibt er nicht zu lange weg. Fidibus vermisst es bestimmt bald, mit den Kunden zu reden.«

»Und Hokuspokus, sie mit Sachen zu bewerfen«, ergänzte Carter seufzend. »Wir arbeiten noch an seinem Benehmen.«

Die Aufzugtüren öffneten sich, und die Kinder betraten einen prächtigen Flur. Der Boden bestand aus dunklem Holz, das lange Läufer mit verschlungenen Wirbeln in Ocker und Braun fast vollständig bedeckten. An den Wänden hingen Leuchter aus Kupfer und Glas. Schattenstreifen schufen eine Atmosphäre, die mysteriös genug war, um die Freunde auf Trab zu halten.

»Hier lang«, sagte Leila. »Glaube ich zumindest.«

Theo und die anderen folgten ihr bis zur Tür mit der Nummer 315. Altmodische Big-Band-Musik drang hindurch. Carter klopfte mehrmals, aber niemand öffnete. »Sicher, dass wir richtig sind?«

Ridley hob die rechte Hand. »So sicher wie Fischers Fritz' Fische frisch sind.«

»Das klingt *verteufelt* sicher«, meinte Theo.

Sie lächelte ihn an. »Echt? Das hab ich mir gerade ausgedacht.«

Überrascht lächelte er zurück. So viel Freundlichkeit war für Ridley eher untypisch. »Wie sollen wir reinkommen, wenn sie uns nicht hören?«

»*Wie sollen wir reinkommen?*«, wiederholte Carter gespielt ungläubig. »Hast du etwa die vielen Talente meiner reizenden Cousine Leila Vernon vergessen?«

Leila hatte ihre Glücksdietriche schon in der Hand und machte sich am Schloss unter dem Türknauf zu schaffen. »Das wird ein Kinderspiel.« Sekunden später sprang die Tür einen Spaltbreit auf, und die Musik schallte in den Flur – Trompeten und Klarinetten und Schnarrtrommeln und das Knistern und Knacken eines Plattenspielers.

»Ich bitte untertänigst um Verzeihung, Leila«, rief Theo. »Ich hätte es besser wissen müssen.«

Leila zwinkerte ihm zu und drückte die Tür weiter auf. Dahinter befand sich ein riesiger Raum mit hohen Decken und großen Fenstern, durch die das gleißende Morgenlicht fiel. Beinahe jede Oberfläche außer Decke und Boden war mit Spiegeln verkleidet. In einer Ecke stand ein silberfarbenes Sofa mit einem reflektierenden Tisch, darauf ein Silberservice, das Kaffeeduft verströmte. Auf einem zweiten reflektierenden Tisch ganz in der Nähe drehte sich eine große schwarze Schallplatte auf dem Plattenteller.

In all diesem Glanz spiegelten sich vier Personen, die in unterschiedliche Karomuster gekleidet waren, lila, orange, grün und gelb: ein großer, schlanker Mann mit pechschwarzem Haar, das unter einem Strohhut hervorstach, eine Frau mit perfekten blonden Locken in einem Kleid, das bei jeder Drehung umherschwang, und die Zwillinge Olly und Izzy.

Die Goldens tanzten miteinander!

Theo, Ridley, Leila und Carter beobachteten, wie Mrs Golden ihren Ehemann über den weitläufigen Holzboden führte. Mr Golden ließ sich so anmutig herumwirbeln und zurückbeugen, als wäre er für jede Überraschung gewappnet, mit der seine Frau aufwartete. Die

Zwillinge folgten ihren Eltern und versuchten, mit deren Improvisation Schritt zu halten, was ihnen auch fast perfekt gelang. Die Musik hob zu einem Crescendo an, und die vier drehten sich plötzlich zu den Kindern in der Tür, bildeten eine Reihe und legten eine zackige Steppchoreografie aufs Parkett, mit blitzschnellen Füßen, schwingenden Armen und wackelnden Fingern. Die Bewegungen verschwammen ineinander, bis der

letzte Ton erklang und die Familie auf die Knie fiel, die Arme ausgebreitet, die Gesichter strahlend.

Theo, Ridley, Leila und Carter spendeten stürmischen Applaus. Was für eine Begrüßung!

Die Goldens hielten ihre Pose noch einen Moment, ehe sie keuchend und lachend auf dem Boden zusammenbrachen. Theo beneidete sie ein bisschen um ihre ungezwungene Art. Seine Familie könnte sich niemals so zum Affen machen, noch würde sie es wollen. Dann dachte er daran, wie talentiert seine Geschwister waren. Was würde wohl passieren, wenn sie mal ein wenig lockerer würden? Wären die Familienessen lustiger? Entspannter?

Olly und Izzy sprangen auf und zogen ihre Eltern hoch. »Mum, Dad, das sind Leila, Carter, Theo und Ridley«, stellte Izzy vor.

»Unsere besten Freunde!«, ergänzte Olly.

Mr Golden runzelte die Stirn. »Ich dachte, eure Mutter und ich wären eure besten Freunde.«

»Nein, ihr seid unsere besten *Eltern!*«, verbesserte Izzy.

Mrs Golden tätschelte ihr den Kopf. »Danke, mein Schatz. Und ihr zwei seid unsere besten Kinder.«

»Wir sind aber auch eure *einzigen* Kinder«, warf Olly ein.

»Dann ist es ja gut, dass ihr die besten seid.« Mr Golden zwinkerte und drehte sich zu den Kindern im Türrahmen. »Herzlich willkommen in unserer bescheidenen Bleibe. Ich würde euch gern einen Platz anbieten, aber, na ja … wir haben keine Stühle.«

»Mein Mann macht nur Witze«, sagte Mrs Golden. »Wir räumen das Wohnzimmer jeden Morgen für unser Familientanztraining frei.«

Ridley stand der Mund offen. »Das veranstalten Sie *jeden Morgen?*«

Mrs Golden drückte gegen eine verspiegelte Wand, und ein großes Element schwang auf. Dahinter befanden sich diverse Hocker, Stühle und Sessel. »Bitte kommt doch rein. Wir haben schon so viel von euch gehört. Macht es euch bequem. Ich habe Croissants im Ofen. Jemand hungrig?«

»Natürlich sind sie hungrig«, meinte Olly.

»Hungrig nach Spaß!«, ergänzte Izzy.

»Und nach *Croissants* hoffentlich«, sagte Mr Golden. »Was anderes haben wir nämlich nicht.« Er folgte seiner Frau durch eine Tür und verschwand.

Leila wandte sich an Olly und Izzy. »'Tschuldigung, dass wir hier so reingeplatzt sind.«

»Aber wir haben angeklopft«, fügte Carter hinzu.

Ridley schaltete sich ein. »Obwohl selbst ich zugeben muss, dass diese Tanznummer ziemlich großartig war – bitte sagt nicht, dass ihr uns dafür herbestellt habt.«

»Nicht *nur*«, erwiderte Izzy. »Na los, Olly, zeig's ihnen.«

Olly schlug ein Rad.

»Nicht das. Das andere.«

Olly machte einen Flickflack.

»Nein, das *andere!* Das Ding im Schrank. Das superwichtige Ding.«

»Wichtiger als Handstandüberschlag?«

»Genug geturnt!«, rief Ridley genervt. »Jetzt zeigt es uns endlich!« Zur Betonung ließ sie die Fäuste auf die Armlehnen ihres Rollstuhls niedersausen und traf versehentlich einen Geheimschalter, sodass Olly ein Strahl Wasser in die Augen spritzte.

Der wischte sich noch immer lächelnd übers Gesicht, während er ein zusammengerolltes Stück Papier hervorholte. Izzy hielt es oben fest, während Olly am unteren Ende zog und ein riesiges Plakat entrollte. »Das haben wir aus dem Theater geklaut.« Izzy klang, vielleicht zum allerersten Mal überhaupt, ernst. »Das Hotel lässt sie heute aufhängen. Kommt euch irgendwas bekannt vor?«

Auf dem Plakat war ein Mann mit großen Augen hinter runden Brillengläsern abgebildet. Er hatte braunes Haar und einen Mittelscheitel. Die Augenbrauen waren erstaunt gehoben. Sein Gesicht war gepflegt und glatt rasiert, und er trug einen gestreiften Anzug mit einer gepunkteten Fliege.

Neben ihm sah man eine Bauchrednerpuppe, die ebenfalls einen Mittelscheitel hatte. Ihre Augenbrauen waren bedrohlich gerunzelt, und auf ihren Wangen prangten rosafarbene Flecken. Sie trug einen dunklen Smoking, ein weißes Hemd und eine voluminöse rote Fliege. Schick, aber auch ein bisschen unheimlich.

Ganz oben auf dem Plakat stand: ENSEMBLE SCHADESCHOZGES PRÄSENTIERT ~ WENDEL WISPER UND SEINE PUTZIGE PUPPE DARLING DANIEL.

Unten folgte noch mehr Text. Die Wörter wirkten wie mit Wachsmalkreide geschrieben. ODER DARLING DANIEL UND SEINE PUPPE WENDEL WISPER?

Außerdem: JETZT IM THEATER DES BERGHOTELS!

»Und was sollte uns daran bekannt vorkommen?«, fragte Theo verwirrt.

»Ich habe da eine Vermutung.« Carter klappte seine Umhängetasche auf und holte einen Bilderrahmen hervor. »Izzy hat mich gebeten, das hier mitzubringen.« Die übrigen Magischen Sechs scharten sich um ihn. Es war das Foto von Mr Vernons ehemaligem Zauberclub. Der junge Dante Vernon und Lyle Locke kicherten, Bobby Boscowitz grinste verschlagen, und Sandra Santos hielt ihre Kristallkugel umklammert. Ganz links, halb im Schatten verborgen, stand ein Junge, den sie inzwischen als Kalagan kannten, den Hypnotiseur, der schon allerlei Unruhe in Mineral Wells gestiftet hatte (und wer weiß, wo noch überall).

Ein letztes Mitglied saß zwischen Sandra und Kalagan: ein Junge mit einer Bauchrednerpuppe. Ein Junge mit braunem Haar und Mittelscheitel, der eine runde Metallbrille trug und dessen Augenbrauen verwundert hochgezogen waren, als hätte der Blitz der Kamera ihn überrascht.

»Das ist er«, rief Ridley. »Der Mann auf dem Plakat ist der Junge vom Foto!«

»Und die Puppe ist auch dieselbe«, fügte Theo hinzu.

Leila schluckte. »Der Bauchredner vom Smaragd-Ring kommt hierher?«

»Warum?«, fragte Carter. »Warum sollte er das tun?«

Theo fürchtete, dass er die Antwort wusste.

SECHS

»Wendel Wisper soll irgendwann in den nächsten Tagen hier auf der Bühne stehen.« Olly hatte Theos bange Miene nicht bemerkt. »Es sind ziemlich viele Auftritte geplant. Vielleicht bleibt er sogar bis zum Ende des Sommers! Das munkelt man zumindest im Hotel.«

»Angeblich ist er richtig berühmt.« Izzy zog die Nase kraus. »Sogar noch berühmter als wir.«

»Das heißt schon was«, meinte Olly.

»Nein«, kam es von Izzy. »Das heißt nicht was. Das heißt … *das.*«

Ein weiterer Wasserstrahl schoss aus Ridleys Rollstuhl.

»Und das ist wirklich der Junge vom Smaragd-Ring?«, fragte Leila. »Wenn ja, dann ...«

»Dann bedeutet das Ärger«, beendete Theo ihren Satz.

»Großen Ärger«, ergänzte Carter.

»Bossomatischen Ärger«, fügte Leila hinzu.

»Sandrastischen Ärger«, sagte Ridley.

»Kalaganesken Ärger«, meinte Theo. »Wendel Wisper hat irgendetwas vor.«

»Und wir müssen herausfinden, was«, schloss Carter.

Olly und Izzy klatschten sich ab. Das Plakat fiel zu Boden und rollte sich wieder auf. Theo holte seinen Geigenbogen aus der Hosentasche und richtete ihn auf die Papierrolle, die sich wie von Zauberhand in die Luft erhob und zu Ridley hinüberschwebte. Die schnappte sie sich und verstaute sie in ihrem Rollstuhl. »Dieser Wendel arbeitet für Kalagan, da bin ich mir sicher.«

»Das haben wir uns auch gedacht!«, rief Olly.

Carter rieb sich das Kinn. »Okay, und was sollen wir jetzt tun?«

»Wir stellen ihn zur Rede«, schlug Leila vor. »Und fragen ihn ganz direkt, was er vorhat.«

Ridley schüttelte den Kopf. »Ich bin ja immer für Direktheit, aber überleg mal: Wendel Wisper könnte einfach alles abstreiten und dann trotzdem seinen hinterhältigen Plan verfolgen.«

»Erinnert ihr euch noch, was Mr Vernon am Bahnhof gesagt hat?«, warf Theo ein. »Wir müssen uns auf alles vorbereiten.«

»Genau«, meinte Carter. »Wir müssen Beweise sammeln. Herausfinden, was er plant. Nur so können wir den Bauchredner schlagen. Ihn und Kalagan.«

»Und die Puppe«, rief Olly.

»Wen nennst du hier Puppe?«, fragte Izzy gespielt beleidigt.

»Na, die Puppe, was dachtest du denn?«

»Selber Puppe!«

»Also beschatten wir ihn?«, unterbrach Leila das Geplänkel.

Izzy stieg auf den Themenwechsel ein. »Auf jeden Fall! Ich hab noch einen falschen Schnurrbart, den ich mir ankleben kann.«

»Und ich eine falsche Nase«, ergänzte Olly.

»Und ich falsche Zähne.«

»Und ich falsche Hörner!«

Theo meldete sich zu Wort. »Also, ich würde vorschlagen, dass wir für die Talentshow weiterproben und einfach die Ohren ein bisschen offen halten.«

»Wir haben auch falsche Ohren!«

Theo ignorierte Izzy. »Wir machen den Bauchredner ausfindig. Folgen ihm heimlich. Sammeln Hinweise. Wir beschatten ihn, aber unauffällig. Wir bereiten uns auf diverse Szenarien vor, wie Mr Vernon es uns geraten hat, sodass wir genau wissen, was zu tun ist, wenn wir Mr Wispers Plan aufdecken.«

»Einverstanden«, sagte Ridley.

»Einverstanden«, sagte der Rest der Magischen Sechs.

»Einverstanden«, riefen Mr und Mrs Golden aus der Küche. »Womit eigentlich?« Als die Kinder sich umwandten, stand das Paar nebeneinander im Türrahmen und schien festzustecken.

»Nach dir«, meinte Mr Golden, der einen Teller mit dampfenden Croissants in der Hand hielt.

»Nein, nach dir, Liebling, ich bestehe darauf!« Mrs Golden trug ein Tablett mit einem Glas Marmelade und einer Butterdose aus Keramik.

»Danke, mein Herz.« Mr Golden wollte sich freiwinden, kam aber nicht vom Fleck.

»Ich helfe euch!« Olly flitzte zu seinen Eltern.

Izzy folgte ihm. »Ich auch!«

Die Zwillinge nahmen den beiden Teller und Tablett ab, machten kehrt und marschierten seelenruhig zum silberfarbenen Sofa hinüber ohne ihre Eltern zu befreien.

»Wer will Frühstück?«, fragten sie ihre Freunde.

Trotz der ernsten Lage mit Mr Wisper hätte Theo beinahe laut aufgelacht. Und wieder versetzte es ihm einen Stich, dass die Zwillinge und ihre Eltern dieselben Dinge mochten.

Plötzlich hatten Mr und Mrs Golden sich gelöst und stolperten aus dem Türrahmen. Mrs Golden kippte nach vorn und überschlug sich. Als Mr Golden zu ihr eilte, sprang sie auf, packte ihn an der Hüfte und stemmte seinen schlanken Körper über den Kopf, während sie sich langsam im Kreis drehte.

»Der war gut, Mum!«

»Super, Dad!«

Mrs Golden stellte ihren Mann wieder ab und verbeugte sich. »An der Nummer arbeiten wir schon seit Wochen«, meinte sie zu Leila, Carter, Ridley und Theo. »Wie fandet ihr uns?«

»Genauso verrückt wie die Zwillinge«, flüsterte Ridley Theo zu. Der unterdrückte ein Grinsen.

»Phänomenal«, sagte er schließlich laut.

✶ ✶ ✶

Eine Stunde später pochte sein Herz im Takt mit den quietschenden Rädern des Servierwagens. *Bum-bum, bum-bum, bum-bum. Quietsch-quietsch, quietsch-quietsch, quietsch-quietsch.*

Der Mann, der den Wagen schob, trug eine Portiersuniform, weil er, na ja, Portier war. Dean gehörte zu den ältesten Angestellten des Berghotels. Er hatte das übliche Rentenalter schon weit hinter sich gelassen, war aber immer noch topfit. Die Magischen Sechs hatten ihn dazu überredet, ihnen zu helfen, indem sie vorgegeben hatten, sie könnten es nicht erwarten, einen Blick auf den nächsten Stargast zu erhaschen. Deshalb schlurfte Dean jetzt in einiger Entfernung vor ihnen durch den Flur, mit einem glänzenden Silberteller und einer spiegelblanken Glocke darüber auf seinem Servierwagen.

»Psst!«, zischte Leila aus ihrem Versteck hinter einer Ecke hervor. Dean blieb stehen, legte den Kopf schief,

drehte sich aber nicht um. Olly und Izzy hatten ihm eingeschärft, so zu tun, als wären sie nicht da. »Die Tür rechts ist seine. Nummer 506.«

»Oh.« Dean beugte sich vor, beäugte die angenagelten Ziffern und klopfte, wartete, klopfte erneut.

Theo verschränkte fest die Arme und hielt den Atem an. Was, wenn der Bauchredner Leila eben gehört hatte? Oder wenn er öffnete und die Kinder bemerkte? Oder wenn er gar nicht öffnete? Vielleicht war er längst unten in der Stadt, traf sich mit niederträchtigen Komplizen und leitete seinen hinterhältigen Plan ein?

Das Schloss klickte, und die Angeln ächzten. Dean trat einen Schritt zur Seite. »Entschuldigen Sie die Störung, Sir, aber wir haben …«

Nein, Dean!, dachte Theo erschrocken. *Nicht »wir«!*

»Ich habe nichts zu essen bestellt«, unterbrach ihn eine tiefe, grollende Stimme aus dem Zimmer, die Theo einen Schauer über den Rücken jagte. Eine große Gestalt erschien im Türrahmen. Sie trug einen weißen Frotteemantel und Pantoffeln. Die runden Brillengläser funkelten im Licht.

»Eine Aufmerksamkeit des Hauses«, meinte Dean.

»*Hilfe!*«, rief eine andere Stimme, hoch und piepsig. »*Lassen Sie mich hier raus!*« Sie klang gedämpft, als dränge sie unter der Servierglocke auf dem Wagen hervor.

Dean zuckte zusammen und sprang zurück.

Wendel Wisper brach in Gelächter aus. »Tut mir leid, ich konnte nicht anders.« Er hob die Glocke an, unter der ein Putensandwich zum Vorschein kam. »Die Nummer probe ich seit Wochen, und das war die perfekte Gelegenheit, um sie auszuprobieren. Hatten Sie schon mal das Vergnügen mit einem Bauchredner?«

Deans Mund verzog sich zu einem faltigen Lächeln, und er presste sich die Hand auf die Brust. »Der war gut. Da haben Sie mich drangekriegt!« Er stieß schluckaufartige Geräusche aus. Einen Moment lang fürchtete Theo, dem alten Mann würde es nicht gut gehen, doch als das Hicksen anhielt, erkannte er, dass Dean bloß lachte. »Ich muss mir glatt ein Ticket für Ihre Show kaufen, Mr Wisper.« Dean verneigte sich leicht.

»Nennen Sie mich Wendel«, erwiderte der Bauchredner.

Dean kniff die Augen zusammen. »Sagen Sie, haben wir uns schon mal getroffen? Sie kommen mir so bekannt vor.«

»Ach ja? Gut möglich, aber das höre ich ständig. Wahrscheinlich habe ich einfach ein Allerweltsgesicht.«

»Waren Sie schon mal in Mineral Wells?«, fragte Dean.

Die Magischen Sechs lauschten atemlos. Leila hatte den Portier extra gebeten, diese Frage einzuflechten.

»Vor langer, langer Zeit«, antwortete Wendel Wisper. »Erstaunlich, wie wenig sich verändert hat.«

»Darauf sind wir in Mineral Wells stolz«, sagte Dean. »Veränderung mag eigentlich niemand hier.«

»Da kann ich Ihnen leider nicht helfen. Veränderungen müssen wir alle schlucken, auch Mineral Wells irgendwann.«

»Was soll das denn heißen?«, flüsterte Carter den anderen zu.

Ridley zuckte mit den Schultern. »Keine Ahnung. Klang ziemlich kryptisch.«

»Und wie eine Drohung«, meinte Leila.

Theo nickte. »Finde ich auch.«

»Apropos schlucken, lassen Sie mich Ihnen Trinkgeld geben.« Wendel Wisper griff in die Bademanteltasche.

Dean hob abwehrend die Hände. »Das kann ich nicht annehmen! Sie sind Ehrengast des Hotels.«

»Aber irgendwas müssen Sie kriegen, Mann«, beharrte der Bauchredner und kramte weiter.

Der Portier schüttelte den Kopf und richtete sich auf. »Mir fällt da vielleicht was ein.« Er beugte sich vor. »Sie könnten mir … *ihn* vorstellen.«

Theo wurde plötzlich eiskalt, auch wenn er nicht verstand, warum.

»Ihn?«, fragte Wendel Wisper verwirrt, ehe ihm wohl die Antwort dämmerte. »Ah!« Er verschwand wieder in seinem Zimmer.

Einen Augenblick später tauchte eine neue Gestalt im Flur auf, ein gutes Stück über dem Boden. Der kleine Mann war nur etwa einen Meter groß und hatte einen verblichenen schwarzen Smoking an. Ein Mittelscheitel teilte sein braunes Haar. Er trug eine voluminöse Fliege unter einem starren Kiefer und rosafarbenen Lippen. Runde Augen und buschige Brauen prangten über einer abfällig erhobenen Stupsnase. Theo sah einen halben Arm aus seinem Rücken ragen. Die andere Hälfte wurde von der Tür verborgen. Das war kein Mann.

Darling Daniels Mund öffnete und schloss sich klackernd, und eine nasale Stimme trötete: »*Gut, ein Ticket für meine Show also. Ich gebe den Leuten an der Kasse Bescheid. Dean war Ihr Name, oder?*« Der Portier nickte und berührte sein Namensschild. »*Hand drauf. Dann bis dann ... Dean*«, schloss das Ding fast bedrohlich.

»Bis dann«, erwiderte Dean unbehaglich und blickte kurz in Richtung des Verstecks der Magischen Sechs.

Theo wollte gerade erleichtert aufatmen, als ...

Die Puppe drehte den Kopf, und ihre Glasaugen schienen die Kinder anzustarren, als wüsste sie schon die ganze Zeit über, dass die sechs hinter der Ecke lauerten. Wendel Wisper beugte den Oberkörper aus seinem Zimmer und folgte dem Blick der Puppe.

Theo versteifte sich. Seine Freunde neben ihm keuchten auf.

Die Puppe hob die Hand und winkte ihnen zu. Dann flog sie in einem Schattenwirbel zurück ins Zimmer, und die Tür fiel ins Schloss.

Dean schlurfte mit seinem Wagen eilig zu den Kindern, die ihn zitternd erwarteten. »War das gut genug?« Er rang nach Luft.

»Er wusste, dass wir da sind!« Carter schaute die anderen an.

»Na und?«, fragte der Portier. »Ihr seid doch nur Fans, oder?«

»Äh … richtig.«

Die Zwillinge schluckten. Leila hatte sich die Arme um den Oberkörper geschlungen, und Ridleys Knöchel waren weiß, so fest umklammerte sie ihre Armlehnen. Diesmal spritzte kein Wasser heraus. Stattdessen sammelte es sich auf dem Boden unter ihrem Rollstuhl.

»Es war perfekt, Dean«, sagte Leila schließlich und strich die Ärmel ihrer Jacke glatt, bevor sie sich zu ihren Freunden drehte. »Okay, was haben wir alles herausgefunden?«

»Wir haben die Puppe gesehen«, meinte Olly.

»Die *Gruselpuppe*«, fügte Carter hinzu.

»Hey!«, rief Izzy. »Wen nennst du hier Gruselpuppe?«

Dieser Witz würde sehr schnell sehr alt werden, dachte Theo.

WIE MAN ...

ein Brötchen schweben lässt!

Während die Magischen Sechs auf dem Weg zurück zur Küche sind, zeige ich dir einen Zaubertrick mit Essen. Mhmm ... Hast du plötzlich Hunger? Das ist keine Hypnose, das ist dein Bauch! Hol dir einen Snack und komm schnell wieder, damit wir mit unserer Lektion weitermachen können.

DU BRAUCHST:

Eine Gabel
Ein kleines Brötchen
(ungefähr so groß wie ein Hamburger)
Einen Tisch
Eine Stoffserviette
Einen Stuhl

HILFREICHE TIPPS:

Ehe deine Show beginnt, solltest du alles vorbereiten. Stich die Gabel seitlich in das Brötchen und lege beides so auf den Tisch, dass der Gabelgriff in Richtung Stuhl zeigt. Bedecke Brötchen und Gabel mit der Serviette. Sobald dein Publikum eintrifft, setze dich auf den Stuhl.

SO GEHT'S:

1. Begrüße dein Publikum fröhlich und erkläre, dass du ein Brötchen schweben lassen kannst.

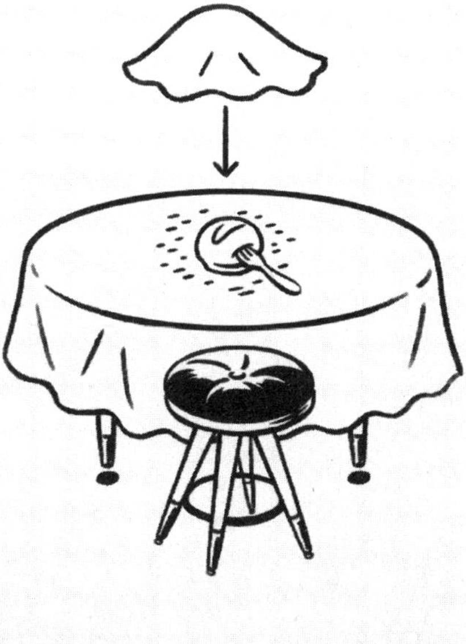

2. Hebe den vorderen Teil der Serviette an. Präsentiere das Brötchen (aber nicht die Gabel). Dann sprich irgendeine Zauberformel, während du das Brötchen wieder bedeckst.

3. Ergreife die beiden Ecken der Serviette, die dir am nächsten sind. Nimm dabei gleichzeitig den Gabelgriff in die Hand.

4. Lass das Brötchen mithilfe der Gabel in der Luft herumhüpfen, wobei es möglichst immer unter der Mitte der Serviette bleiben sollte. (Dabei kannst du ein paar *Uuuhs* und *Aaahs* ausstoßen, um deine Zuschauer zu ähnlichen Begeisterungsrufen zu animieren!)

Für Fortgeschrittene: Halte weiter die Ecken der Serviette fest und die Gabel bedeckt. Lass das Brötchen halb unter der Stoffkante direkt vor dir auftauchen und versuch hineinzubeißen, bevor es in letzter Sekunde wieder davonschwebt (siehe unten links).

5. Lass mit der Hand, die nicht die Gabel hält, die Serviette los. Schnapp dir das Brötchen und ziehe es ab. Strecke die Hand aus und zeige es deinen Zuschauern.

6. Bewege gleichzeitig Serviette und Gabel unauffällig in Richtung Brust und lass die Gabel leise auf deinen Schoß fallen.

7. Schüttele die Serviette aus, während du weiter das Brötchen zur Schau stellst.

8. Nimm einen Bissen … und deinen wohlverdienten Applaus entgegen!

SIEBEN

Die Magischen Sechs verabschiedeten sich von Dean, nahmen den Aufzug zurück ins Erdgeschoss und liefen zur Küche. Leila schob den Servierwagen. Als Theo ihr die Tür aufhalten wollte, wäre er fast gegen den anderen Mr Vernon geprallt.

»Hoppla«, rief der und fasste ihn an den Schultern.

»Paps!« Leila ließ den Wagen los und fiel ihrem Vater um den Hals. Er drückte sie fest und lächelte.

»Was musste ich da hören, meine Leute haben euch sechs nur ein einziges Sandwich gemacht? Das reicht ja nicht einmal für den hohlen Zahn. Kommt, setzt euch. Wer hat Hunger?«

Die Kinder versammelten sich um einen kleinen Tisch in der Ecke, während der andere Mr Vernon herumwuselte und Sandwiches und Kürbissuppe für sie zubereitete. »Ohne Rand, Trixie«, wies er eine seiner Küchenhelferinnen an. »Sehr gute Schöpftechnik, Katia«, sagte er zur anderen.

Als er mit dem Mittagessen endlich zufrieden war, gesellte er sich zu ihnen, und Leila erzählte, was sie in Erfahrung gebracht hatten. Er nahm die Neuigkeiten gut auf, aber das war Theo klar gewesen. Der andere Mr Vernon war immer freundlich und verständnisvoll. Er bat sie nur, vorsichtig zu sein, wachsam zu bleiben und Wendel Wisper nicht zu nahe zu kommen. Als er erwähnte, dass er dem Bauchredner selbst einen Besuch abstatten würde, unterbrach Leila ihn: »Aber er soll nicht wissen, dass wir ihm auf der Spur sind. Wenn er uns für ahnungslos hält, ist er vielleicht unvorsichtiger, und wir finden heraus, was er vorhat.«

Widerwillig stimmte der andere Mr Vernon zu, sich nicht einzumischen, aber er wollte mit seinem Mann sprechen, sobald der anrief, damit sie auch alle Fakten kannten. Schließlich stand er auf und fing an, einen köstlich riechenden Teig auszurollen.

Ridley holte ihr Notizbuch und einen Stift heraus. »Okay, gehen wir noch einmal alles durch. Wendel Wisper wohnt in Zimmer 506.« Sie kritzelte etwas auf eine freie Seite.

»Und er hat Dean verraten, dass er nicht zum ersten Mal in Mineral Wells ist«, meinte Carter.

»Natürlich nicht.« Ridley verzog das Gesicht. »Er war im Smaragd-Ring, schon vergessen?«

Theo schüttelte den Kopf. »Das können wir noch nicht mit Sicherheit sagen. Darum geht es beim Beschatten, oder? An Fakten zu kommen, ohne zu spekulieren.«

»Aber wir beschatten ihn doch nur, weil wir *wissen*, dass er zu Mr Vernons altem Zauberclub gehört hat!« Ridley deutete auf Carters Umhängetasche, und Carter zog das Foto hervor. »Ich meine, das ist er, oder?«

Theo atmete geräuschvoll aus. Er bewunderte Ridley und ihre kämpferische Art, aber er hasste es, wenn sie andere behandelte, als wären sie dumm. »Das versuchen wir gerade erst herauszufinden.« Er ließ den Blick um den Tisch herumschweifen. Alle starrten Ridley und ihn komisch an. Es war untypisch für sie, sich zu zanken.

»Mr Vernon hat darauf beharrt, dass wir wie Zauberer denken, alle Möglichkeiten berücksichtigen. Und eine dieser Möglichkeiten könnte sehr wohl sein, dass Mr Wisper *nicht* der Junge auf dem Foto ist.«

Das zeigte Wirkung. In Ridleys Kopf schien es Klick zu machen, und sie schrieb auf, was Theo gesagt hatte.

Ein Schrei ließ die Kinder zusammenfahren. Trixie und Katia hatten sich um das Geschirr auf dem Servier-

wagen kümmern wollen, mit dem Dean das Sandwich zu Wendel Wisper gebracht hatte. Unter der Glocke saß eine kleine Puppe von ungefähr fünfzehn Zentimetern Größe.

Theo erkannte sie sofort. Er eilte hinüber und hob sie hoch. »Darling Daniel«, verkündete er den anderen.

Ridley streckte auffordernd die Hand nach der Puppe aus, und Theo reichte sie ihr. »Hm … allerdings nicht das Original, sondern eine Kopie«, sagte sie. »Eine Miniaturversion.« Die Magischen Sechs ließen sie herumgehen.

»Da wird mir ganz anders.« Katia erschauderte. Trixie und sie schoben den Wagen weg von den Kindern und machten sich wieder an die Arbeit. Der andere Mr Vernon hatte nichts mitbekommen – er war viel zu sehr auf seinen Teig konzentriert.

»Wie ist die unter die Glocke geraten?«, fragte Carter leise.

»Das kannst du dir selbst beantworten«, erwiderte Ridley. »Du bist doch der Profi im Sachen-verschwinden-und-auftauchen-Lassen.«

»Eins beweist es jedenfalls«, meinte Theo. »Mr Wisper wusste, dass wir ihn vom Flur aus beobachten.«

»Deswegen hat er uns … eine Puppe geschenkt?«, fragte Leila.

»Vielleicht wollte er uns zum Lachen bringen«, mutmaßte Izzy mit nervös aufgerissenen Augen.

»Vielleicht wollte er uns Angst einjagen.« Olly schüttelte sich.

»Oder er wollte uns warnen, ihm nicht in die Quere zu kommen.« Theo nahm Carter die Puppe wieder ab. Der Kopf schien aus Holz zu bestehen. Die Details – Augen, Mund, Haare – waren nur aufgemalt, genau wie die rote Fliege. Unter der Jacke auf dem Rücken lugte eine Schnur hervor, mit einer Schlaufe am Ende. Als Theo daran zog, surrte etwas im Inneren der Puppe, und sie quiekte blechern: »*Wer spricht denn da?*«

Die Kinder schauten einander stumm an, als hätte ihnen jemand die Stimmen gestohlen.

Nach einer Weile räusperte Carter sich. »Wir könnten sie einfach zurückgeben.«

»Wie denn?«, fragte Ridley. »Sollen wir an seine Tür klopfen und sagen: ›Danke, aber lieber nicht‹?«

»Ich finde, wir sollten sie behalten«, meinte Leila. »Dann können wir sie meinem Dad zeigen, wenn er heimkommt.«

Aber wer weiß, wann das sein wird?, dachte Theo. *Und was der Bauchredner vorher noch für uns geplant hat...*

* * *

Auf dem Rückweg die gewundene Straße hinunter zur Stadt sagte Leila: »Trotz allem müssen wir weiter für die Talentshow proben. Um die letzten Macken auszubügeln.«

»Ja«, bestätigte Carter. »Theos großes Finale muss ein bisschen aufgehübscht werden.«

»Ich dachte, wir hätten uns auf Leilas Nummer für das Finale geeinigt?«, fragte Theo unsicher.

»Darüber sollten wir noch mal reden«, meinte Ridley. »Wir müssen mit einem unvergesslichen Knall abtreten.«

»Ich finde ja immer noch, dass unsere Jongliernummer das beste Finale wäre«, bemerkte Olly.

»Genau«, rief Izzy. »Nichts ist so beeindruckend wie wir, wenn wir zwölf hart gekochte Eier herumwirbeln.«

»Außer vielleicht, wenn wir sie alle aufessen.« Olly machte einen Satz und ließ sich auf den Hintern fallen.

»Ganz bestimmt nicht!« Ridley hatte Darling Daniel in die Tasche an der Rückenlehne ihres Rollstuhls gestopft, damit niemand ihn mehr anschauen musste. »Wir machen eine *Zaubershow*, schon vergessen? Da kann eure Jonglierei nicht mithalten.«

»Erzähl das mal den Eiern«, brummte Olly grinsend, während er sich wieder hochrappelte.

Wolken zogen auf und verdüsterten das Sommerblau. In der Ferne grollte Donner. Die Kinder erreichten gerade noch die rot-weiß-gestreifte Markise des Friseurladens, ehe der Himmel seine Schleusen öffnete.

Während sie sich dicht zusammendrängten, um trocken zu bleiben, deutete Leila plötzlich auf das Schaufenster. »Heiliger Bimbam! Ich wusste, dass du gut darin bist, Dinge verschwinden und wieder auftauchen zu lassen, Carter, aber das ist echt beeindruckend. Ich hab gar nicht mitgekriegt, wie du in den Laden geschlüpft bist!«

Die anderen folgten ihrem Finger mit dem Blick. Auf einem Friseurstuhl lümmelte, leicht vornübergebeugt, Darling Daniel und fixierte sie.

Carter klappte die Kinnlade herunter. »Aber das war ich …«

»Das ist nicht dieselbe Puppe«, unterbrach Ridley ihn und holte ihren Darling Daniel aus der Rollstuhltasche.

Sie betraten den Laden. Der Friseur blickte von seinem Kunden auf – einem jungen Herrn, der nicht aussah, als würde er einen Haarschnitt brauchen. »Nehmt ruhig schon Platz, ich komme sofort.«

»Wir sind nicht wegen Ihrer Dienste hier, Sir«, klärte Theo ihn auf und zeigte auf den Stuhl vor dem Schaufenster. »Würden Sie uns verraten, woher Sie diese Puppe haben?«

»Hm. Keine Ahnung. Die hat bestimmt ein Kind vergessen.« Der Friseur wandte sich wieder dem Kunden zu und pinselte ihm Kinn und Hals mit dickem weißem Schaum ein.

Theo lief zur Puppe hinüber und griff danach. Seine Freunde beobachteten ihn, als hielte er eine Stange Dynamit in der Hand.

Die Puppe glich der, die sie auf dem Servierwagen gefunden hatten, aufs Haar – fünfzehn Zentimeter groß, mit überdimensionalem Holzkopf, aufgemalten Gesichtszügen und einem maßgeschneiderten Smoking. Eine Schnur lugte aus dem Rücken. Als Theo daran zog, erklang das bekannte Surren, gefolgt von der blechernen, nasalen Stimme. Diesmal sagte sie: »*Muss man gesehen haben!*«

Der junge Mann auf dem Friseurstuhl drehte ihm das schaumbepinselte Gesicht zu. »Hey, die Stimme kenne ich.«

»Woher?«, fragte Theo drängend.

Der junge Mann musterte die Puppe eindringlich. »Meine Mutter hat heute Vormittag ganz unten in ihrer Einkaufstasche so eine entdeckt. Sie hat an der Schnur gezogen, und das Ding hat ... auch so was Ähnliches gesagt. Lustig! Es ist einfach aus dem Nichts aufgetaucht. Wie von Zauberhand!«

»Im Berghotel soll bald ein Bauchredner auftreten«, berichtete Carter. »Diese Puppen sehen aus wie seine.«

»Mein Bruder und ich wohnen da oben«, erzählte Izzy.

Und Olly fügte hinzu: »Vielleicht haben Sie schon von uns gehört? Die Golden-Zwillinge? Jeden Dienstag und Donnerstag haben wir einen Auftritt in der Lo...«

Ridley hustete laut, um ihn zum Schweigen zu bringen. »Darf ich fragen, was Sie mit der Puppe vorhaben?«, erkundigte sie sich beim Friseur. »Würde es Ihnen etwas ausmachen, wenn *wir* sie behalten?«

Der schüttelte den Kopf. »Die kommt in die Kiste mit en Fundsachen. Falls der Besitzer sich meldet.«

Schwungvoll klappte er ein Rasiermesser auf und fing an, den Schaum vom Hals des Kunden zu entfernen.

»Da kann er lange warten«, flüsterte Ridley leise. »Was für eine Verschwendung!« Sie hob eine Augenbraue und nickte Carter zu.

Der wurde knallrot und formte die Worte *Ich bin kein Dieb!* mit dem Mund.

Leila kicherte etwas gezwungen. »Schaut mal, es hat aufgehört zu regnen. An die Arbeit!« Das nahm Theo als Stichwort, die Darling-Daniel-Puppe zurück auf den Friseurstuhl zu setzen.

Draußen vor dem Laden schlang Leila sich die Arme um den Oberkörper. »Mr Wisper ist doch erst heute früh hier aufgekreuzt. Wie hat er es geschafft, diese Puppen zu verteilen?«

»Vielleicht ist er nicht allein«, meinte Carter, immer noch ein bisschen rot im Gesicht.

»Genau wie Bosso«, sagte Ridley.

»Und Sandra«, ergänzte Theo.

Sie schauten sich auf dem Marktplatz um. Passanten, die vor dem Regenguss unter Markisen und in Hauseingänge geflüchtet waren, wagten sich langsam wieder hervor. Sonnenstrahlen linsten durch die Wolken.

»Guckt mal!« Olly deutete zum Pavillon. »Da ist noch eine!«

Sie überquerten die Straße. Olly flog förmlich die Stufen hoch und schnappte sich die herrenlose Puppe auf dem Boden. Als er an der Schnur zog, verkündete die blecherne Stimme: »*Hören Sie mich live im Berghotel!*«

»Als würden sie sich vermehren«, bemerkte Izzy. »Eine Puppenpest!« Sie runzelte die Stirn. »Pest bedeutet nie was Gutes, oder?«

»Nö«, antwortete Olly. »Außer man schreibt es mit F vorn!«

Ridley entriss Olly die Puppe. »Ich trau dem Spuk nicht.« Sie fuhr zum Geländer hinüber und hob sie hoch über den Kopf.

»Nicht!« Theo lief ihr nach. »Sonst geht sie noch kaputt.«

Ridley drehte sich zu ihm um. »Das ist der Plan, Kumpel. Ich will rausfinden, wie das Ding funktioniert.«

»Aber wenn du sie aufbrichst, zerstörst du vielleicht den Mechanismus, der sie zum Sprechen bringt. Wie willst du ihn dann noch untersuchen?«

Ridley verzog den Mund. »Da muss ich die Puppe wohl zu Hause auseinanderschrauben.«

»Aber die gehört uns«, protestierte Olly. »Ich hab sie entdeckt!«

Enttäuscht gab Ridley sie zurück. »Na schön. Ich hab ja noch die aus dem Berghotel.«

»Danke.« Izzy tat, als würde sie aufatmen, und wischte sich die Stirn. »Was seine Spielsachen betrifft, ist er sehr sensibel.«

»Gar nicht!« Olly steckte die Puppe in seine Jacketttasche und verkündete stolz: »Ich bin allgemein sehr sensibel.«

Hinter ihnen knarzte es. Theo wirbelte herum. Emily Meridian kam die Pavillonstufen herauf. Ein erleichtertes Lächeln breitete sich auf seinem Gesicht aus.

»Habt ihr einen neuen Freund gefunden?« Sie nickte in Richtung der Puppe in Ollys Tasche.

Leila umarmte sie zur Begrüßung. »Hi, Emily!«

Theo wünschte, er könnte Emily ebenfalls umarmen. Stattdessen schüttelte er ihr die Hand. Sie lächelte, und in seinem Nacken kribbelte es warm.

»Hast du auch eine gesehen?«, fragte Carter.

»Na klar«, antwortete Emily. »Die sind überall!«

Ridley verschränkte die Arme. »Wendel Wisper führt nichts Gutes im Schilde.«

Emily wirkte verwirrt. »Ist das irgendein Geheimausdruck eures Zauberclubs?«

Theo lachte. »Wendel Wisper ist ein Bauchredner, der bald oben im Berghotel auftritt. Seine Puppe heißt Darling Daniel, und diese Dinger sind Miniaturversionen davon. Wir glauben, das gehört alles zu seinem Plan.«

»Der Bauchredner aus dem Berghotel hat einen Plan?« Emily unterdrückte ein Grinsen.

»Er arbeitet für Kalagan«, blaffte Ridley. »Natürlich hat er einen Plan.«

»Das wissen wir noch nicht mit Sicherheit, Ridley«, meinte Theo. »Wir müssen alle Möglichkeiten ausloten, genau wie Mr Vernon gesagt hat.«

»Was, wenn die Puppen eine Irreführung sind?«, fragte Carter. »Will Mr Wisper, dass wir in die eine Richtung gucken, während er sich in die andere schleicht?«

Die Kinder sahen sich prüfend um, konnten den Bauchredner aber nirgendwo entdecken (ob schleichend oder nicht).

Emily wechselte das Thema. »Warum hat eigentlich der Zauberladen heute geschlossen?«

»Mein Dad musste kurzfristig auf Geschäftsreise. Wir machen wieder auf, sobald er zurück ist.«

»Wollt ihr mit zum Musikladen kommen?« Emily schaute Theo direkt in die Augen. »Auf eine Limonade? Ich habe meinem Vater gestern Abend von euch erzählt, und er würde euch gern kennenlernen.«

»Danke.« Ridley verzog den Mund zu einem falschen Lächeln. »Aber wir müssen für die Talentshow proben. Ein andermal vie...«

»Ich hätte schon Durst«, unterbrach Theo sie. Ridley blieb der Mund offen stehen, als könnte sie nicht glauben, dass er ihr widersprach.

Ein Stich durchfuhr Theos Brust. Was konnte eine kleine Limonade schon schaden?

»Ich auch«, sagte Leila schnell. »Nach dem Fußmarsch vom Berghotel hierher ist meine Kehle wie ausgedörrt.«

Carter zuckte mit den Achseln und trat zwischen Ridley und Emily. »Wir haben ja noch Zeit, oder? Zumindest kurz.«

Ridley schnaubte, entspannte sich allerdings wieder. »Na schön. Aber wirklich nur kurz.«

ACHT

Der Musikladen lag nicht weit vom Marktplatz entfernt zwischen den anderen Häusern auf der Main Street. Ein blechernes Spitzdach ragte über den Fenstern des ersten Stocks steil in den Himmel. Schwarze Fensterläden flankierten die Scheiben. Einige Steine in der Mauer waren in bunten Farben gestrichen. Peridot. Malve. Kobalt. Merino. Irgazin. (Nein, das sind nicht die Namen mythischer Drachen, sondern echte Farben! Schlag sie nach, wenn du willst. Ich warte solange ... Schon fertig? Wunderschön, oder?) Auf einem Schaufenster prangten in goldenen Buchstaben die Worte: MERIDIANS MUSIK – DAMIT SIE DEN TON ANGEBEN.

Als Emily die Tür öffnete, jazzte eine kurze Ragtime-Melodie aus einer Spieluhr. Die Wände des Ladens waren über und über mit Instrumenten behangen. Gitarren, Geigen und Cellos. Trompeten, Tubas und Posaunen. Dazwischen standen Xylophone, Schlagzeuge, ein paar Klaviere und sogar filigrane Harmonien im gotischen Stil.

Am Verkaufstresen saß ein gepflegter Mann in einem braunen Tweedanzug. Als das Lied endete, blickte er von dem Ding auf, an dem er gerade herumbastelte. Sein Kopf war kahl, doch Wangen und Kinn zierte ein langer grau melierter Bart, der bis zum Hemdkragen reichte.

»Hey, Pa!«, sagte Emily. »Das sind die Kinder, von denen ich dir erzählt habe. Die Zauberer aus dem Laden hier auf der Straße.«

»Oho! Herzlich willkommen«, begrüßte er die Magischen Sechs lächelnd. »Wie ihr bestimmt schon erraten habt, bin ich Emilys Vater, Mick Meridian. Aber ihr könnt mich Mick nennen.«

Die Kinder stellten sich vor und schüttelten Mick Meridian höflich die Hand. Schließlich war Theo an der Reihe.

»Hallo, Mr Meridian. Ähm, ich meine, Mick. Schön, Sie wiederzusehen.«

»Es ist viel zu lange her, Theo. Bitte grüß deine Eltern von mir.« Er drückte Theo die Schulter, als wäre er ein alter Freund oder sogar ein seit Langem verschollener Verwandter. Aber wenn man bedachte, wie viele Instrumente und Noten die Stein-Meyers schon in seinem Laden gekauft hatten, war das nicht überraschend. An die anderen gerichtet, fügte Mick Meridian hinzu: »Ich mochte Zauberei schon immer. Aber ich war nie sehr gut darin. Würdet ihr uns vielleicht eine kleine Vorstellung geben?«

»Jetzt?«, fragte Leila.

»Warum nicht?«

Carter zuckte mit den Schultern. »Wir müssen sowieso proben.«

Ridley bewegte ihre Reifen hin und her. »Ich glaube nicht, dass wir schon bereit sind für ein echtes Publikum.«

»Aber ihr habt gestern auf dem Marktplatz geprobt«, meinte Emily. »Da hat die ganze Stadt zugeschaut.«

Leila wandte sich an Ridley. »Es kann ja nicht schaden, oder?«

»Aber wir haben gar nicht alle Requisiten dabei!«

Carter klopfte auf seine Umhängetasche. »Wir haben genug.«

Theos Blick huschte zu Mick Meridian, der belustigt wirkte. »Geben Sie uns ein paar Minuten, um alles vorzubereiten.«

»Kein Problem. Sagt einfach Bescheid, wenn ihr soweit seid.«

Die Magischen Sechs bauten auf und legten los. Zuerst waren die Zwillinge dran. Sie jonglierten, erzählten Witze und verrenkten ihre Körper in unfassbarer Weise. Anschließend ließ Carter seinen Kopf verschwinden. Ridley schälte ihre Banane und enthüllte die Überraschung im Inneren. Theo spielte Geige und brachte ein Taschentuch zum Tanzen, weil er den Teddybären nicht dabeihatte – und dieses Mal fing er es am Ende auch auf. Zum Schluss spielte Leila die Einbruchszene aus dem Zauberladen nach und fesselte die anderen, während Theo alles mit klassischer Musik begleitete.

Als die Kinder sich verneigten, klatschten Emily und ihr Vater höflich. Theos Wangen wurden heiß. Er schaute rasch zu den anderen, die ähnlich enttäuscht wirkten über die verhaltene Reaktion. Mick Meridian räusperte sich unbehaglich. »Das Beste ist: Ihr habt noch genügend Zeit für den Feinschliff.«

Falls das ein Kompliment sein sollte, fühlte es sich definitiv nicht so an. Theo dachte an Leos Worte aus der vergangenen Nacht zurück. Verschwendete er mit der Zauberei nur seine Zeit? Wenn die Magischen Sechs nicht einmal gut genug waren, um einen hiesigen Ladenbesitzer und seine Tochter zu beeindrucken, würden sie bestimmt nicht die Talentshow gewinnen.

»Also, ich fand's super«, meinte Emily. »Ihr habt auf jeden Fall Chancen auf den Sieg.«

Ridley beugte sich zu Leila und flüsterte: »*Das* soll unser Finale sein?«

Leila schwieg verletzt.

Carter drehte ihrem kleinen Publikum den Rücken zu und antwortete an ihrer Stelle: »Leila hat hart daran gearbeitet und ...«

Mick Meridian klatschte in die Hände. »Aber, aber! Ich wollte wirklich keinen Streit auslösen. Eure Show wird alle umhauen, ganz sicher. Ihr braucht nur ein bisschen mehr Übung.«

Olly und Izzy verbeugten sich, machten eine Vorwärtsrolle und blieben wie ohnmächtig auf dem Boden liegen. Ridley, Leila und Carter diskutierten flüsternd weiter. Theo ignorierte sie und trat an die Ladentheke.

»Es ist wirklich ewig her, Theo«, sagte Mick Meridian. »Ich hätte gedacht, jemand mit deinem musikalischen Talent wäre neugieriger auf die Wunder in meinem Laden.«

»Ich liebe Musik«, erwiderte Theo. »Aber ich bin mit den anderen hier sehr eng befreundet. Und was uns verbindet, ist die Magie.«

Mick Meridian nickte. »Freunde sind mindestens so wichtig wie die Familie. Deswegen freut es mich, dass Emily endlich den Mut aufgebracht hat, dich anzusprechen. Also, euch alle.« Emily riss die Augen auf und interessierte sich plötzlich sehr für den Fußboden.

»Mut?«, wiederholte Theo. Er hätte geschworen, Emily Meridian würde vor Mut nur so strotzen. »Aber sie hat erst gestern mühelos einen Fiesling niedergestreckt.«

»Ach?« Mick warf seiner Tochter einen erstaunten Blick zu. Die lächelte leicht und zuckte mit den Schultern. »Ich bin beeindruckt.«

»Ich dachte, du hättest ganz viele Freunde, Emily«, meinte Theo.

Sie schürzte die Lippen. »So kann man sich täuschen.«

Verlegen fügte er schnell hinzu: »Ich wollte dich nicht ...«

Emily hob die Hand. »Schon klar, keine Sorge.«

»Vielleicht ...« Aus irgendeinem Grund schlotterten Theo auf einmal die Knie. »Hättest du Lust, irgendwann einmal was mit den Magischen Sechs zu unternehmen?«

»Ja«, sagte Olly, der wie aus heiterem Himmel rechts neben Theo aufgetaucht war.

»Unbedingt«, ergänzte Izzy, die wie aus einem *anderen* heiteren Himmel links neben ihm erschien.

»Wir lieben neue Leute«, fuhr Olly fort. »Oben im Berghotel lernen wir kaum andere Kinder kennen.«

»Die meisten kommen bloß für ein paar Tage oder eine Woche und verschwinden dann wieder in ihr Nullachtfünfzehn-Leben.«

Als Mick Meridian sich abwandte, flüsterte Theo Emily zu: »Du könntest uns helfen, Wendel Wis...«

»*Theo!*«, schrie Ridley fast und zog einen unsichtbaren Reißverschluss an ihrem Mund zu.

Theo zuckte zusammen. »Aber sie weiß doch schon, dass …« Ridley hob eine Augenbraue. Theo kannte sie gut genug, um nicht weiterzureden.

Leila gesellte sich mit an die Theke. Zum Glück war Emilys Vater inzwischen wieder mit seiner Arbeit beschäftigt. Mit gesenkter Stimme sagte sie: »Emily beschattet bestimmt gern den Bauchredner mit uns. Wir wollen morgen durchs Berghotel schleichen und mithilfe unserer Fähigkeiten …«

»*Geheime Dinge tun*«, unterbrach Carter sie. »Oder, Leila?« Er schaute zu Ridley hinüber, die ihm ein Lächeln schenkte.

Jetzt zuckte Leila zusammen. Carter und Ridley hielten sich Schulter an Schulter, als wären sie Befehlshaber einer Armee, die eine Mauer gegen mögliche Bedrohungen errichten ließen.

Theos Finger kribbelten wie elektrisch aufgeladen. Es musste doch einen Weg geben, um die Spannungen zu verringern. Es sah den Magischen Sechs gar nicht ähnlich, so viel zu streiten.

»Ich habe morgen sowieso schon was vor«, erwiderte Emily. »Aber danke für die Einladung.« Sie schaute Theo, Leila, Olly und Izzy an und mied Carters und

Ridleys Blick. Einen unbehaglichen Moment lang schwiegen alle. Und noch einen. Schließlich fragte Emily: »Und, wer hat noch Durst auf Limonade?«

✶ ✶ ✶

Später verabschiedeten sich die Magischen Sechs voneinander. Olly und Izzy hüpften in Richtung Berghotel davon, während Leila und Carter zurück zum Zauberladen schlenderten, um nach den Tieren zu sehen. Die Sonne wanderte gen Horizont, und Theo wollte das Versprechen nicht brechen, das er seiner Mutter gegeben hatte.

»Bringst du mich noch nach Hause?«, fragte Ridley ihn.

Zum allerersten Mal überhaupt wollte Theo Nein sagen. Ridley war unfreundlich zu Emily gewesen. Aber er würde sich nicht auf ihr Niveau herablassen. Egal wie schlecht sie sich benommen hatte, sie war seine engste Freundin, und zwar schon, seit er denken konnte.

Schweigend bogen sie um die Ecke und steuerten auf Ridleys Straße zu. Nach einer Weile fragte Ridley: »Warum willst du dich eigentlich mit dieser Emily abgeben? Sie interessiert sich gar nicht für Magie.«

»Muss denn jeder, der mit uns befreundet sein will, Magie mögen?«, fragte Theo zurück. »Wir sechs haben einander gefunden, weil wir uns alle wie Freaks gefühlt haben. Wie könnten wir da jemanden ausschließen, nur weil er nicht haargenau so ist wie wir? Das wäre ziemlich heuchlerisch, oder?«

Ridley seufzte. »Tut mir leid. Darüber hab ich gar nicht nachgedacht. Ich hab nur versucht, uns ...«

»Zu beschützen«, beendete Theo ihren Satz. »Ich weiß.«

Ridley wurde rot. »Ich will nicht gemein sein oder so. Ich sorge mich bloß um die Leute, die schon zu meinem Leben gehören.«

»Aber nimm doch mal Carter. Der war dir erst auch nicht geheuer, als er plötzlich in Vernons Zauberladen aufgetaucht ist, und jetzt ist er einer unserer besten Freunde.«

Ridley blieb eine Weile stumm. »Wahrscheinlich bin ich ein bisschen wie diese Leute, von denen Dean geredet hat. Die Bewohner von Mineral Wells, die keine Veränderung mögen.«

Theo lachte. »Und das von dir, die für ihr Leben gern alltägliche Dinge verwandelt.« Er holte seinen Geigenbogen hervor und berührte damit die Tasche an Ridleys Rückenlehne. Die Banane schwebte heraus und landete auf ihrem Schoß.

»Das ist nicht dasselbe, und das weißt du genau.« Sie hob die Frucht ans Gesicht und ließ sie in ihrem Nasenloch verschwinden. Aus dem Ohr zog sie dafür eine Gurke.

»Eines Tages musst du mir verraten, wie man das anstellt.«

Sie waren fast da. Ridley und ihre Eltern lebten in einem kunstvoll gestalteten Eckhaus im Queen-Anne-Stil, das gelb und lilafarben gestrichen war. Die abgerundeten Holzschindeln erinnerten Theo an Fischschuppen, die Gauben an Echsenhörner. Auf ihn wirkte das Zuhause der Larsens wie ein wildes Tier – wie Ridley eben. In einem Fenster im Obergeschoss brannte Licht. Wahrscheinlich arbeitete Mrs Larsen gerade am nächsten erfolgreichen Liebesroman.

»Dann musst du mir aber verraten, wie dein Geigenbogen funktioniert«, erwiderte Ridley.

»Hmpf.« Theo zwinkerte ihr zu. »Erwischt!«

* * *

Zu Hause deckte Theo ohne weitere Zwischenfälle den Tisch, und alle aßen gemeinsam zu Abend und unterhielten sich über den Tag. Gio und Fiona waren auf dem See Kanu gefahren. Cleo und Leo hatten die Wasserfälle besucht und anschließend beim Wandern in der Nähe des Berghotels die alten Eishöhlen entdeckt, die selbst an den heißesten Sommertagen kalte Luft verströmten. Während Theo den Geschichten seiner Geschwister lauschte, fragte er sich, ob er diesen Sommer vielleicht zu viel Zeit drinnen verbracht hatte, eingeschlossen in ihrem fensterlosen Geheimquartier in der hintersten Ecke von Vernons Zauberladen. Er dachte über die Spannungen zwischen den Magischen Sechs nach, über die Talentshow, Mr Wisper und Emily Meridian.

Als sein Vater sich nach seinem Tag erkundigte, überlegte er kurz, ob er von der Ankunft des Bauchredners berichten sollte, von den vielen Puppen, die überall in der Stadt aufgetaucht waren, und davon, dass die Magischen Sechs den geheimen Plan des Bösewichts aufdecken wollten. Stattdessen erzählte er, dass er im Musikladen gewesen war.

»Im Musikladen?«, rief Fiona. »Wie vernünftig!« Alle lächelten ihn an, als wären sie stolz darauf, dass er endlich auf den richtigen Weg zurückfand. Gestern noch hätte er sich bei dieser Reaktion wahrscheinlich verkrampft. Heute erwiderte er das Lächeln.

Es fühlte sich gut an, von Leuten, die ihn liebten, vernünftig genannt zu werden.

NEUN

Die Proben für Wendel Wispers Show im Berghotel sollten am nächsten Morgen beginnen. Gleich als die Sonne aufging, zog Theo sich an, fütterte seine Tauben und übte Geige mit seinem Vater. Dann packte er eine Schachtel Kekse und eine Flasche Apfelsaft in den Geigenkoffer (und sein Instrument natürlich) und machte sich auf, um sich mit seinen Freunden zu treffen.

Olly und Izzy warteten vor den großen Türen des Hoteltheaters auf Ridley, Carter, Leila und ihn.

»Hat euch jemand gesehen?«, fragte Carter die zwei.

»Nur ein paar Gäste«, antwortete Olly.

»Und ein paar Angestellte«, ergänzte Izzy. »Aber wir sind Mr Wisper aus dem Weg gegangen. Also, eigentlich sind wir ihm von seinem Zimmer aus bis hier runter gefolgt, aber immer schön in Deckung geblieben. Jetzt ist er mit der ganzen Crew da drin.«

»Seid ihr sicher?«, hakte Carter nach.

»So sicher wie Fischers Fritz' Klapperschlangen schlapper klangen«, sagte Olly.

»Das klingt ziemlich sicher«, meinte Leila.

»Allerdings!« Izzy zog eine kleine Schlange aus der Jackentasche und schüttelte sie. Sie klapperte.

»Habt ihr die extra gebastelt?«, fragte Theo.

»Wir haben darauf gehofft, dass uns jemand ein passendes Stichwort liefert«, antwortete Izzy. »Also danke, Carter. Vielen, vielen Dank.«

»Apropos Basteln ...«, fing Ridley an. »Es gibt da was, das ihr sehen solltet.« Sie holte ein stoffumwickeltes Päckchen aus der Rollstuhltasche. Ganz langsam entblößte sie erst die Füße einer Darling-Daniel-Puppe, dann den Rest des Körpers bis zu den Schultern. Mit einem schwungvollen Ruck zog sie den Stoff vom Kopf – nur dass da gar kein Kopf war!

Leila keuchte auf. Carter zuckte zusammen. Theo beugte sich vor.

Ridley erklärte: »Ich habe ein bisschen mit der Puppe herumexperimentiert.«

»Und irgendwann bist du sauer auf sie geworden?«, fragte Olly.

Ridley verneinte. »Das hier habe ich im Kopf gefunden.« Sie öffnete die Faust und zeigte ihnen ein kleines schwarzes Gerät, aus dem mehrere Drähte ragten. Die anderen machten große Augen. »Ich glaube, das ist eine Wanze.«

»Und warum sollte so was in der Puppe versteckt sein?«, fragte Leila.

»Was denkst du denn?«, fragte Ridley zurück.

»Weil der Bauchredner einen Flohzirkus gründen will?«, schlug Izzy vor.

Ridley hob die Augenbraue. »*So* eine Art Wanze ist das hier nicht. Sondern vielmehr eine, mit der man heimlich Gespräche belauschen – oder sogar aufnehmen – kann.«

Theo schluckte nervös. »Glaubst du, dahinter steckt Kalagan?«

»Das wäre nur logisch«, meinte Ridley. »Wenn Wendel Wisper der Junge vom Smaragd-Ring-Foto ist, dann ist er das dritte Mitglied von Mr Vernons altem Zauberclub, das diesen Sommer plötzlich in Mineral Wells auftaucht. Was, wenn diese Wanzen der Grund dafür sind? Wenn er sie dort deponiert, wo wir uns aufhalten? Um uns auszuspionieren?«

»Um uns *für Kalagan* auszuspionieren«, ergänzte Leila.

»Aber diese Puppen sind überall in der Stadt«, wandte Carter ein. »Wenn die Wanzen in allen Puppen stecken, würde das ja bedeuten, dass sie ganz Mineral Wells ausspionieren!«

Die Temperatur im Foyer schien um mehrere Grad zu sinken.

»Und das wiederum bedeutet, dass wir so schnell wie möglich mehr über Wendel Wisper in Erfahrung bringen sollten«, sagte Ridley. »Wir müssen zurückspionieren.« Sie deutete auf die Türen zum Theatersaal. »Ich würde vorschlagen, wir trennen uns, damit wir ihn von mehreren Blickwinkeln aus beim Proben beobachten können.«

»Ja!«, rief Carter.

Leila nickte. »Okay.«

»Worauf warten wir noch?«, fragte Izzy.

Olly runzelte die Stirn. »Sollten wir nicht jemandem von den Wanzen erzählen? Der Polizei? Unseren Eltern?«

Ridley schürzte die Lippen. »Damit lassen wir uns besser noch Zeit. Beim letzten Mal war der Sheriff von Bosso geschmiert, wisst ihr noch? Und wir wollen ja nicht den falschen Leuten verraten, dass wir Informationen haben. Das würde unsere Ermittlung behindern, noch bevor sie angefangen hat.«

Theo war erleichtert, dass die Magischen Sechs wieder zusammenarbeiteten. »Wir müssen in den Theatersaal, ohne dass uns jemand entdeckt.«

Sie teilten sich in zwei Teams auf. Ridley und die Zwillinge machten sich auf den Weg in den Orchestergraben, Leila, Carter und Theo schlichen sich zu den Laufstegen über der Bühne.

Vorsichtig stieg Theo die lange Leiter hinauf. Mit dem Geigenkoffer in der einen Hand, hatte er nur die andere zum Festhalten und erklomm so Sprosse für Sprosse. Leila und Carter folgten ihm leise. Je höher sie kamen, desto lebhafter fühlte Theo sich an seine Flugträume erinnert, und er betete, dass er nicht abrutschte. Denn seine Schwebetricks in den Zaubershows waren reine Illusion und würden ihn nicht retten, wenn er den Abstand zwischen den Sprossen falsch einschätzte.

Endlich stemmte er sich erleichtert auf den Steg hoch und knallte dabei versehentlich mit dem Geigenkasten gegen das Metallgitter.

O nein! Würden sie auffliegen, bevor sie überhaupt losgelegt hatten?

Zum Glück hatte Theo gute Sicht nach unten auf die Bühne, wo Wendel Wisper mit Darling Daniel auf einem Holzhocker saß. Weder der Bauchredner noch seine Puppe hatten sich bei dem unerwarteten Geräusch umgedreht.

Aus dem Kontrollraum gegenüber den Zuschauerreihen richtete jemand einen Scheinwerfer auf Wendel

Wisper und brachte ihn zum Leuchten. »Wie wäre das, Mr Wisper?«, rief eine Stimme.

»Sagen Sie es mir«, antwortete der Bauchredner. »Sie sehen, wie es wirkt.«

Theo hörte, wie Leila und Carter hinter ihm herkrabbelten. Als sie alle einen geeigneten Beobachtungsposten gefunden hatten, warf er seinen Freunden einen verlegenen Blick zu, weil er beinahe die gesamte Beschattungsaktion ruiniert hätte. Leila zuckte nur lächelnd mit den Achseln. Carter hob den Daumen. Theo stieß einen stummen Seufzer der Erleichterung aus.

Wendel Wisper probte seine Show, während die Kinder über ihm kauerten und lauschten. Mehrfach musste Theo sich bei Darling Daniels unflätigen Antworten das Lachen verkneifen und in Erinnerung rufen, dass sie nicht zum Spaß hier waren. Sie wollten erfahren, was der Bauchredner plante.

Dummerweise hatte der eine halbe Stunde später immer noch keine Wanzen erwähnt. (Das wäre auch zu einfach gewesen, oder?) Die Magischen Sechs würden sich wohl etwas anderes einfallen lassen müssen.

Plötzlich drehte sich Darling Daniel zu Wendel Wisper. *»Wird bald mal Zeit für was zu beißen, oder was meinst du, Boss?«*

»Ich meine, dass du keine Zähne hast«, antwortete der.

»*Steck mir den Finger in den Mund und sag das noch mal!*«, drohte Darling Daniel.

»Na schön, na schön. Immer langsam mit den jungen Puppen. Kurze Pause, bitte!«, rief Wendel Wisper in Richtung Kontrollraum. Dann nahm er Darling Daniel und verschwand durch eine Tür.

Als es im Theater still wurde, wandte Theo sich an Leila und Carter. »Was haltet ihr bisher von der ganzen Sache?«

»Also, ich finde ihn lustig«, sagte Leila. »Diese Puppe hat ein ziemlich loses Mundwerk …«

Carter verdrehte die Augen. »Da hab ich schon Schlimmeres gehört. Mein Onkel konnte fluchen wie ein Bierkutscher.«

Theo lächelte. »Und trotzdem bist du so höflich.«

»Ich werde niemals wie Onkel Sly.«

Leila drückte Carter den Arm. Zwischen den beiden schien ein wortloser Austausch stattzufinden. Seit sie erfahren hatten, dass sie verwandt sind, waren sie eng zusammengewachsen. Inzwischen waren sie fast wie Geschwister.

Wieder wurde Theo eifersüchtig. *Seine* Geschwister gaben ihm immer nur Ratschläge. Er konnte seine Liebe zur Magie mit niemandem in seiner Familie so teilen wie Leila und Carter.

Als hätte jemand seine Gedanken gelesen, hörte er in diesem Moment ein Flüstern von unten. »Seine Eltern setzen ihm ziemlich zu. Und seit seine Geschwister zu Hause sind, ist es noch schlimmer geworden.« Redete da jemand über *ihn*? »Sie haben sich alle gegen ihn verbündet. Darunter leiden natürlich seine Auftritte.« Mit roten Wangen schaute Theo zu Leila und Carter, die ihn entsetzt und verwirrt anstarrten. »Ist das Ridley?«, fragte er sie.

»Das kann nicht sein«, antwortete Carter.

»Sie meint es bestimmt nicht böse«, fügte Leila hinzu.

Theo zuckte zusammen. »Heißt das, du bist ihrer Meinung?«, flüsterte er. »Dass meine Magie leidet?«

Leila schüttelte heftig den Kopf. »Überhaupt nicht!«

»Wir brauchen einfach was Besseres fürs Finale als seinen blöden Teddybären«, fuhr Ridley fort.

»Oder Leilas Seiltrick«, ergänzte Olly. »Der ist so was von ausgelutscht.«

»Ja«, stimmte Izzy zu. »Ich meine, das hat man doch schon hundertmal gesehen.«

Jetzt wurde Leila rot.

Theo hatte einen Kloß im Hals. Warum sagten sie so etwas? Selbst wenn sie es wirklich dachten, war das sicher nicht der richtige Zeitpunkt für so ein Gespräch.

»Von Carter ganz zu schweigen ...« Wieder Ridleys Stimme. »Seine Nummer hat weder Kopf noch Fuß.«

Carter schnappte sich einen Stift und fing an, damit gegen das Geländer zu klopfen.

Theo riss die Augen auf. Warum machte sein Freund so viel Lärm? Dann bemerkte er den eigenartigen Rhythmus. Es war Morsecode, den die Magischen Sechs den Sommer über geübt hatten. Nachdem Theo die Botschaft entschlüsselt hatte, nickte er stumm, genau wie Leila.

Hört auf zu reden. Wir können euch hören. Und Wisper auch, wenn er zurückkommt.

Doch ehe ihre Freunde antworten konnten, erlosch der Scheinwerfer, und im Theater wurde es stockdunkel. Eine Tür flog knallend zu, und der Schlüssel klapperte im Schloss.

»Was ist passiert?«, fragte Theo.

Leila und Carter waren nur noch als Schemen neben ihm zu erkennen. Leila meinte: »Wenn ich raten müsste, würde ich sagen, die Probe ist vorbei.«

»Glaubt ihr, Mr Wisper hat gewusst, dass wir ihn belauschen?«, fragte Carter.

»Wer weiß?«, erwiderte Theo.

Sie warteten ein paar Minuten im Dunkeln, bevor sie sich langsam die Leiter hinunter und zum Liefereingang tasteten.

Carter blinzelte im hellen Sonnenlicht. »Und wie finden wir jetzt die anderen?«

»Ich bin mir nicht sicher, ob ich das überhaupt will.« Theo dachte an Ridleys Kritik zurück.

»Lasst uns außenrum zum Foyer laufen«, schlug Leila mit einem gezwungenen Lächeln vor. »Sie warten bestimmt schon auf uns.«

Aber das Theaterfoyer war leer, und in Theos Brust wuchs ein Eisklumpen, ungefähr dort, wo der Dreck ihn vorgestern getroffen hatte. Obwohl er wütend auf seine Freunde war, betete er, dass sie nicht in Schwierigkeiten steckten – denn in Mineral Wells nahmen Schwierigkeiten schnell verheerende Ausmaße an.

»Guckt mal!« Leila huschte flugs zu einer breiten Säule in der Mitte des Raums, bückte sich und hob etwas auf.

Noch eine Darling-Daniel-Puppe.

»Hat Mr Wisper die für uns hiergelassen?«, fragte Carter.

Theo und Leila antworteten nicht. Stattdessen legte Theo einen Finger an die Lippen und schaute sich im weitläufigen Foyer um. Er wurde das Gefühl nicht los, dass irgendjemand sie beobachtete.

Oder belauschte.

ZEHN

Bevor wir in dieses neue Kapitel starten, verrate ich dir ein Geheimnis, weil es ohnehin nicht lange geheim bleiben wird (das tun Geheimnisse leider nie). Dass Theo das Gefühl nicht loswurde, jemand würde sie beobachten oder belauschen, lag daran …

Dass sie tatsächlich jemand beobachtete und belauschte. Sogar *zwei* Jemande!

»Hallihallo!« Olly sprang hinter der Säule hervor.

Carter zuckte zurück und schrie erschrocken auf.

»Und Hallöchen!« Izzy erschien auf der anderen Seite.

»Wie macht ihr das bloß?«, fragte Leila.

Izzy zuckte mit den Schultern. »Was denn?«

Leila schüttelte den Kopf. »Schon gut.« Sie lugte rasch um die Säule herum. »Erschreckt Ridley uns als Nächste?«

Ollys ewiges Lächeln erlosch. (Und der Anblick war wirklich schockierend, du kannst von Glück sagen, dass du nicht dabei warst! Mich schüttelt es immer noch.) »Ridley ist weg.«

»Weg?«, wiederholte Carter. »Wohin?«

Theo wedelte mit den Händen, damit sie aufhörten zu reden, und zeigte auf die Puppe. Er bedeutete Leila, sie wieder auf den Boden zu setzen, und anschließend allen, ihm zur anderen Seite des Raums zu folgen. »Sprecht leise«, sagte er dann.

»Sie hat ihre Mutter angerufen, um sich abholen zu lassen.« Izzy wies zur Tür, in Richtung Hotellobby. »Wir haben sie gefragt, ob wir draußen mit ihr warten sollen, aber sie hat uns mehr oder weniger davongescheucht. Sie war ziemlich sauer.«

Sie?, dachte Theo. *Sauer dürften doch wohl eher wir sein!* Er knetete den Gurt seines Geigenkoffers. »Ohne sich zu verabschieden?«, hakte er nach. »Das sieht ihr gar nicht ähnlich.«

Olly und Izzy wechselten einen seltsamen Blick, so als wollten sie nicht antworten.

»Ihr benehmt euch irgendwie komisch«, meinte Carter. »Also, noch komischer als sonst. Was ist los?«

»Ridley hat gehört, was ihr im Theater gesagt habt«, erklärte Olly.

Izzy nickte. »Ja, eure Stimmen sind durch die Lüftungsschächte bis in den Orchestergraben gedrungen.«

Leila, Carter und Theo schauten sich an. »Und was genau haben *wir* gesagt?«, erkundigte Leila sich.

Ausnahmsweise war Ollys Tonfall bitterernst. »Das solltet ihr besser Ridley fragen.«

Theo wurde plötzlich eiskalt. Er rannte zur Lobby, um Ridley zu erwischen, bevor ihre Mutter kam, drängte sich durch die Menschenmengen und stolperte auf den Haupteingang zu.

Dean riss hastig die Tür für ihn auf. »Danke«, murmelte Theo, während er die breite Auffahrt vor dem Hotel absuchte.

Keine Spur von Ridley.

Da entdeckte er das Heck eines vertrauten Wagens, der gerade auf die Straße zur Stadt hinunter einbog: Mrs Larsens mintfarbener Plymouth. Ridley saß zusammen-

gesunken auf der Rückbank, und als sie ihn bemerkte, rutschte sie noch tiefer in ihren Sitz.

Hinter ihm erklangen Schritte. »Was ist passiert?«, fragte Leila.

»Ich war zu spät.« Theo rang nach Luft und begriff erst jetzt, wie schnell er gelaufen war.

»Zumindest ist ihre Mutter bei ihr«, sagte Carter. »Wenn es ihr schlecht geht …«

»Dafür würde Ridley nie ihre Mutter anrufen«, unterbrach Theo ihn. »Sie hält es lieber aus.« Er drehte sich zu den Zwillingen. »Bitte verratet uns, was ihr im Theater gehört habt.«

»Dann müssten wir euch aber umbringen«, witzelte Olly.

»Lass den Quatsch«, schimpfte Carter. »Du siehst doch, wie aufgelöst Theo ist!«

Izzy zog ihren Bruder am Ärmel. »Los, komm, Olly. Wir müssen unsere Mäuse füttern.«

»Jep, die Magischen Sechs nehmen sich wohl besser den Rest des Tages frei«, stimmte Olly zu. »Besonders nach allem, was ihr über unsere Familie gesagt habt.« Mit einer verärgerten Pirouette verschwanden die Zwillinge durch die Hoteltür.

Theo runzelte die Stirn. »Wartet, *was* haben wir über *wen* gesagt?«

Leila stöhnte. »Ich bin verwirrt.«

»Genau *das* beabsichtigt irgendwer!« Carter nahm einen Stapel Karten und fing an, sie zu mischen, als würde ihm das helfen, seine Gedanken zu ordnen.

Theo tastete nach dem magischen Geigenbogen, der zusammengeklappt in seinem Hosenbein steckte, und wünschte, er könnte sich selbst zum Schweben bringen und von hier wegfliegen.

Er und Carter folgten Leila zurück nach drinnen. Dort bat er an der Rezeption darum, das Telefon benutzen zu dürfen. Ridley war mittlerweile bestimmt zu Hause angekommen.

Nach einer gefühlten Ewigkeit hob jemand ab. »Ja bitte?«

»Hallo, Mrs Larsen. Könnte ich bitte mit Ridley sprechen?«

»Theo … Ich weiß nicht, ob das gerade eine gute Idee ist.«

Ridleys Worte aus dem Theater dröhnten ihm noch in den Ohren. *Seine Auftritte leiden. Dieser blöde Teddybär.* Und dann behaupteten die Zwillinge, er hätte über *sie* hergezogen!

Wut flammte auf, aber Theo erstickte sie. »Es ist äußerst wichtig«, brachte er hervor. »Bitte.«

Kurz darauf war Ridley am Apparat. »Was willst du?«

»Herausfinden, was mit dir los ist.« Theo unterdrückte das Zittern in seiner Stimme. »Die Zwillinge haben erzählt, du seist sauer wegen irgendetwas, das wir gesagt haben.«

»Also rufst du an, um dich zu entschuldigen?«

»Wofür entschuldigen?«

»Theo«, knurrte Ridley, als würde sie sich gleich in eine Raubkatze verwandeln, »das weißt du genau!«

»Leider nicht.«

»Ich hab dich gehört!«, platzte es aus Ridley heraus. »Du hast zu Carter gesagt, meine Tricks wären stinklangweilig verglichen mit denen der anderen! Olly, Izzy und ich haben durch die Lüftungsschlitze im Orchestergraben alles mitbekommen.«

Theo war sprachlos. Das ergab keinen Sinn. Er drehte sich zu Leila und Carter, die besorgt wirkten, dann schüttelte er den Kopf.

»Keine Ahnung, wen ihr da gehört habt, aber ganz sicher nicht uns.«

Ridley schwieg kurz. »Was soll das heißen?«

»Ich schwöre dir, dass ich so etwas nie zu Carter gesagt habe. Oder zu sonst irgendwem.«

»Ich hab dich gehört!«

»Du hast *jemanden* gehört«, meinte Theo leise. »Aber nicht mich.«

Stille. Dann: »Okay.«

»Glaubst du mir?«

»Na ja … muss ich ja wohl, oder? Du bist mein bester Freund.«

»Wir haben auch was gehört im Theater, Leila, Carter und ich. Du und die Zwillinge, ihr habt gesagt, mein Teddybär sei blöd. Und keine unserer Nummern solle bei der Talentshow das Finale sein.«

Ridley schnaubte. »Das war ich nicht. Genauso wenig wie die Zwillinge.«

»Da bin ich froh.« Theo war erleichtert, dass Ridley sich allmählich zu beruhigen schien. »Aber das bedeutet, irgendwer will, dass wir *denken,* die anderen hätten uns kritisiert.«

Ridley schnappte nach Luft. »Mr Wisper!«

»Du meinst, der Bauchredner …«

»… will, dass wir uns streiten? Aber hallo!«

»Können Bauchredner denn wie andere Menschen klingen?« Theo warf einen Blick zu Leila und Carter. Die sahen aus, als würden sie langsam die Puzzleteile zusammensetzen. »Ich dachte, sie würden nur mit ihren Puppen auf der Bühne sitzen und beim Sprechen den Mund nicht bewegen.«

»Bauchredner können ihre Stimme so verstellen, dass es klingt, als würde sie aus einer anderen Richtung kommen«, sagte Carter grimmig. »Wie im Flur mit Dean und der Servierglocke.«

»Und wenn er das schafft, kann er mit ein wenig Übung wahrscheinlich auch Stimmen nachahmen.«

»Dann ist *das* also Wendel Wispers Plan«, meldete sich Ridley wieder zu Wort.

Theo hielt den Telefonhörer in die Mitte, sodass Leila und Carter alles mitbekamen. »Er wusste, dass wir da sind. Und er hat dafür gesorgt, dass wir Dinge hören, die uns wütend machen.«

»Aber warum?«, fragte Leila. »Was hat er davon, gemein zu sein?«

»Das Wichtigste ist doch, dass wir ihm auf der Spur sind«, sagte Carter.

Ridley erwiderte: »Klar, aber im Moment weiß er noch mehr über uns als wir über ihn. Und wir müssen seinen Plan so schnell wie möglich vereiteln. Sammeln wir erst einmal so viele Puppen ein, wie wir finden. Dann kann er uns nicht länger belauschen.«

»Und den Rest der Stadt«, ergänzte Leila. Theo und Carter nickten zustimmend.

Ridley seufzte. »Argh. Tut mir leid, dass ich euch allein gelassen habe.«

»Vielleicht war das seine Absicht«, meinte Carter. »Uns zu trennen. Und es hat funktioniert.«

Ein Schauder überlief Theo. »Wir dürfen nicht vergessen, was Mr Vernon am Bahnhof zu uns gesagt hat.« *Eines Tages geht zwangsläufig etwas daneben. Lasst euch nicht überrumpeln. Durchdenkt alles. Und gebt die Kontrolle nicht an diejenigen ab, die sie euch entreißen wollen.*

»Das war ein guter Rat«, bestätigte Carter.

»Wie immer«, fügte Leila hinzu.

»Ich habe ein ziemlich schlechtes Gewissen«, kam es kleinlaut von Ridley. »Soll ich mich zurück zum Hotel fahren lassen?«

»Ja, dann können wir gleich anfangen, die Darling-Daniel-Puppen zu suchen«, rief Leila. »Wir haben eben auch eine im Theater entdeckt. Schauen wir uns hier noch ein bisschen um.«

»Macht ruhig, aber ich … ich sollte nach Hause«, sagte Theo. »Ich muss Geige üben.« Er war sich nicht einmal sicher, ob das stimmte. Er wusste nur, dass er nach so viel Streit und Wut eine Pause brauchte.

»Und was ist mit den Puppen?«, fragte Leila. Carter verschränkte mit sorgenvoller Miene die Arme. Ridley schwieg.

»So wie es heute läuft, komme ich auf dem Nachhauseweg bestimmt an ein paar vorbei.«

ELF

Zum allerersten Mal machte Theo sich allein auf den Rückweg vom Berghotel in die Stadt.

Die lange Straße war kurvig und steil, und bei jeder scharfen Kehre kam er sich ohne die Gesellschaft seiner Freunde ganz verloren vor. Sein Zuhause schien meilenweit entfernt, und er konnte den Gedanken nicht unterdrücken, dass in dem, was er über der Bühne gehört hatte, auch ein Körnchen Wahrheit steckte.

Zweifelten seine Freunde an seinen Fähigkeiten?

Und sollte er vielleicht auch Zweifel haben?

Aber: War das alles überhaupt noch wichtig? Nach Ridleys Entdeckung der Wanzen spielten Fragen, die die Zauberei betrafen, doch wohl erst einmal die zweite Geige.

Die Sommersonne brannte auf Theos Schultern, und plötzlich bekam er großen Durst auf die Limonade, die Emily ihnen gestern angeboten hatte. Normalerweise verlieh ihm sein Frack das Gefühl, wichtig zu sein, und Jacke und Hose boten viele Verstecke für Zauberutensilien. Aber konnte das sein momentanes Unbehagen ausgleichen?

Er schlüpfte aus der Jacke, warf sie sich über die Schulter und fragte sich auf einmal, ob er womöglich seine Outfitwahl überdenken sollte.

Da entdeckte er jemanden vor sich. Jemanden mit langem blondem Haar in einer Baumwollbluse, einem schwingenden Rock und Ballerinas.

»Emily?« Das Mädchen drehte sich um.

»Theo!« Sie winkte und wartete, bis er sie eingeholt hatte. »Ich habe gerade an dich gedacht.«

»Und ich an dich! Wie seltsam.«

Emily wurde rot. »Ich meine natürlich, an euch *alle*. An die Magischen Sechs.«

Jetzt wurde Theo verlegen. »Also, ich habe an deine Limonade von gestern gedacht«, fügte er hinzu, als würde das seinen Ausrutscher ungeschehen machen.

»Komm doch mit in den Musikladen. Wir haben noch einen Riesenkrug davon im Kühlschrank.«

Theo überlegte kurz, aber er war zu erschöpft von den Ereignissen des Tages. »Danke, aber ich muss nach Hause. Ein andermal?«

Emily zuckte mit den Schultern. »Klar.«

»Warst du auch oben im Hotel?«

Sie schüttelte den Kopf. »Ich war auf dem Weg dorthin, weil ich euch suchen wollte, aber ...« Sie deutete auf ihre Füße. »Irgendwann ist mir aufgefallen, dass ich für eine solche Wanderung nicht die richtigen Schuhe anhabe. Deshalb bin ich umgekehrt. Ich hatte ganz vergessen, wie steil die Straße ist.«

Theo wischte sich den Schweiß von der Stirn und nickte zustimmend.

Sie schwiegen einen Moment.

»Das war gelogen«, gestand Emily schließlich. »Tut mir leid. Dass ich umgekehrt bin, lag nicht an meinen Schuhen. Ich ... hatte Angst, dass Ridley mich anschreit, wenn ich auftauche.«

»Verständlich.« Theo nickte. »Sie kann ziemlich schroff sein.«

»Wie lief es denn heute Vormittag? Habt ihr gut spioniert?« Emily lächelte ironisch.

»Wir haben spioniert, aber *gut* kann man das wirklich nicht nennen.«

Sie kicherte. »Ach, du bist zu selbstkritisch. Ihr wart sicher ...«

»Nein, ehrlich, es war richtig schlecht.« Den Grund dafür erklärte Theo ihr lieber nicht. Die Sache mit den Wanzen war im Augenblick noch ein Geheimnis.

»Ja, Lauscher an der Wand haben es nicht leicht.«

Theo lachte. »Findest du uns komisch? Weil wir einen Mann und seine Puppe belauschen?«

»Na, wenn du es so formulierst ...« Sie kicherte noch einmal. »Keine Ahnung, wie ich das finden soll. Bei den vielen Gerüchten über die Magischen Sechs, die durch Mineral Wells schwirren ...«

Theo lachte wieder, diesmal allerdings eher unbehaglich. »Was denn für Gerüchte?«

Während sie weiterspazierten, erzählte Emily ihm die Geschichten, die sie von Kunden im Musikladen gehört hatte. Theo stellte einiges richtig, füllte Lücken und nahm ihr das Versprechen ab, alles für sich zu behalten. Emily war völlig verzaubert, als könnte sie es nicht fassen, dass man in einer verschlafenen Kleinstadt solche Abenteuer erlebte.

»Unglaublich«, bemerkte sie. »Ihr seid ja richtige Superhelden!«

Theos Haut kribbelte. »Superhelden? Wohl kaum.« Seine Flugträume schossen ihm durch den Kopf. Emily hatte ins Schwarze getroffen und direkt seinen größten Wunsch erraten.

Seine Muskeln zuckten. Was hatte es wohl zu bedeuten, wenn man unbedingt jemandes Hand halten wollte? Das Gefühl rief in ihm den Drang hervor, steppen zu lernen wie die Golden-Zwillinge. Aber das würde er vor Emily niemals wagen.

»Sicher, dass du nicht mehr mitkommen willst?«, fragte sie gerade. »Mein Vater würde sich bestimmt freuen. Manchmal vergräbt er sich ein bisschen zu sehr zwischen seinen Instrumenten.«

»Meine Geschwister sind nicht mehr lange hier, sie verteilen sich bald wieder auf dem ganzen Erdball. Ich muss zumindest *ein bisschen* Zeit mit ihnen verbringen.«

»Auf dem ganzen Erdball?«, hakte Emily nach. »Was treiben sie denn da?«

»Sie sind Musiker. Genau wie ich. Nur professioneller. Mein ältester Bruder Leo meint, ich solle weniger mit Magie herumalbern und mich mehr auf die Geige konzentrieren.«

»Meine Mutter ist manchmal genauso«, berichtete Emily. »Sie nervt mich ständig wegen meiner Noten, obwohl ich nie was Schlechteres als eine Zwei bekomme. Es ist anstrengend, immer irgendwelche Erwartungen erfüllen zu müssen.«

»Absolut.«

Aus irgendeinem Grund ploppten plötzlich die Gesichter von Ridley, Leila, Carter, Olly und Izzy vor Theos innerem Auge auf. Auch ihre Erwartungen an ihn waren manchmal anstrengend.

Mit einem Lächeln fragte Emily: »Zeigst du mir, wie man Sachen zum Schweben bringt?«

»Ein Magier verrät nie seine Tricks.« Theo holte den Geigenbogen aus der Hosentasche. »Aber er schlägt auch keine Zaubergelegenheit aus.« Er rannte ein Stück vor und drehte sich um. »Bleib, wo du bist.« Emily hielt mitten auf der Straße an.

Theo richtete seinen Körper im passenden Winkel aus und hob den Bogen über den Kopf. »Das wird recht beschwerlich. Vielleicht musst du mich auffangen.«

»Dich?«, fragte Emily besorgt.

Theo murmelte eine Zauberformel. »*Ala...kazam!*« Damit stieg er mehrere Zentimeter in die Luft und schwebte über dem Asphalt.

Emily stieß einen erleichterten kleinen Schrei aus, als er wieder auf dem Boden aufsetzte. Anschließend verbeugte er sich tief.

»Wow, das war irre!«, rief sie. »Was war das für ein komisches Wort?«

»*Alakazam?* Ach, das sagt Mr Vernon gern. Und es hat wohl irgendwelche geheimnisvollen Kräfte, weil es fast immer funktioniert.« Grinsend schob er den Geigenbogen zurück in die Hosentasche.

»Wenn ich es zu meiner Mutter sage, streitet sie vielleicht nicht mehr so viel mit meinem Vater.«

»Ich dachte, die beiden wären nicht ...«

»O nein, sie sind noch verheiratet«, unterbrach Emily ihn rasch. »Aber meine Mutter hat vor ein paar Jahren eine Stelle oben im Norden angenommen, um den Musikladen finanziell zu unterstützen. Ich soll meine

Zeit zwischen den beiden aufteilen. Sommer bei Pa, Schule bei Ma. Superseltsam.«

Plötzlich hatte Theo ein schlechtes Gewissen, dass er sich über seine Familie beschwert hatte, obwohl sie alle zusammen waren. »Tut mir leid.«

»Inzwischen hab ich mich daran gewöhnt. Ich lasse mich davon nicht runterziehen.«

»Sehr gut. Und wenn es doch mal passiert, dann sag einfach Bescheid, und mein Schwebebogen hebt dich wieder hoch.«

Emily lächelte und nahm seine Hand. Es geschah so schnell, dass er sie ihr vor Schreck beinahe wieder entrissen hätte. »Danke, Theo.«

Ihre Finger waren warm. Er musste sich daran erinnern weiterzuatmen. »Gern …« Seine Stimme war rau. Er räusperte sich. »Gern geschehen.«

Als sie den Marktplatz erreichten, trennten sich ihre Wege. Theo bog in seine Straße ein. Er hatte das Gefühl, wieder zu schweben.

Und diesmal ganz ohne Zauberformel.

* * *

Als er zu Hause ankam, hörte er Musik aus dem Garten – ein Lied so schillernd wie ein Regenbogen. Neugierig lief er ums Haus herum und fand seine gesamte Familie auf der Veranda vor.

Seine Geschwister schufen mit ihren Instrumenten eine jazzige Melodie, die durch die Luft tanzte wie Stare am Abendhimmel.

Lächelnd holte Theo seine Geige heraus. Als er den Bogen über die Saiten zog, stimmte seine Schwester Fiona zur Begrüßung einen freudigen Triller an. Die anderen wurden leiser, forderten ihn wortlos auf, die Führung zu übernehmen.

Theo schloss die Augen, während die Musik anschwoll und abebbte, als würden seine Geschwister und er ein Spiel spielen. Wenn er das Tempo verlangsamte, taten es ihm die anderen nach, nur damit er gleich darauf die Melodie ändern konnte. Sie spielten und spielten, wurden lauter und schneller bis zum furiosen Finale, dem eine lange Stille folgte.

Plötzlicher Beifall ließ Theo die Augen wieder öffnen.

»Unglaublich«, rief seine Mutter. »Das war wunderschön.«

»Ihr macht uns alle sehr stolz«, fügte sein Vater hinzu.

»Sagt mal, gibt es hier nicht bald eine Talentshow?«, fragte Leo.

»Ich habe ein paar Plakate gesehen«, meldete sich Cleo.

»Wir sollten hingehen«, meinte Gio.

»Nicht bloß hingehen«, schaltete sich Fiona ein. »Wir sollten teilnehmen!«

»Wir würden sicher gewinnen«, bemerkte Leo. »Man soll sich ja nicht selbst loben, aber diese Familie hat mehr Talent als alle anderen in Mineral Wells zusammen.«

Theos Lächeln erlosch. »Die Magischen Sechs treten auf«, murmelte er. »Wir üben schon eine ganze Weile dafür.«

Seine Eltern wechselten einen Blick.

»Aber du bist so unglaublich gut, Theo«, rief Cleo.

»Wir sind alle unglaublich gut, vor allem gemeinsam«, ergänzte Gio.

»Wenn du jetzt nicht begreifst, dass die Musik, und nur die Musik, deine Berufung ist, dann weiß ich auch nicht«, warf Leo ein.

Theo wollte ihnen sagen, dass sie unrecht hatten, dass die Magie mindestens genauso sehr seine Berufung war wie die Musik. Kurz überlegte er, sich selbst schweben zu lassen, um sie zum Staunen zu bringen. Aber wahrscheinlich würde er eher Langeweile und Enttäuschung auf ihre Gesichter zaubern.

»Komm schon, Theo, hilf uns, die Talentshow zu gewinnen«, bettelte Fiona.

»Ich denke darüber nach«, antwortete er und überraschte damit alle – am meisten sich selbst.

ZWÖLF

Am nächsten Morgen unternahm Theo mit seinen Geschwistern eine Wanderung um einen der Seen am Fuße der Berge.

Anschließend gingen sie schwimmen und picknickten, und nachmittags teilten sie sich in zwei Teams auf und traten im Kanu gegeneinander an. Theos Team war um eine Geigenbogenlänge schneller.

Auch der Rest der Woche war mit solchen Ausflügen gefüllt, und einmal lud Theo sogar Emily Meridian ein. Er wollte sie bitten, noch einmal seine Hand zu halten, aber die Blicke, die seine Geschwister ihnen beiden zuwarfen, waren schon peinlich genug. Trotzdem war es schön, Emily dabeizuhaben. Sie war freundlich und entspannt.

Und sie berichtete, dass immer mehr Darling-Daniel-Puppen in der Stadt auftauchten und Wendel Wispers Show bewarben. Wenn man eine entdeckte, fühlte man sich, als hätte man einen Preis gewonnen. Die Leute stellten sich die Puppen aufs Fensterbrett oder hinter die Heckscheibe ihres Autos. Kinder drückten sie auf den Schultern ihrer Eltern an sich. Sie waren überall und beobachteten Mineral Wells von hoch oben in den Bäumen und von tief unten in den Büschen.

Es war regelrecht unheimlich, und darum wurde es höchste Zeit, dass sich die Magischen Sechs wieder versammelten. Es war fast eine Woche her, seit Theo seine Freunde zuletzt gesehen hatte. Als er in der Suite der Familie Golden ankam, fiel ihm sofort der Berg von Darling Daniels in der Ecke des verspiegelten Wohnzimmers auf.

»Ihr wart fleißig!« Die anderen schauten überrascht auf. Immerhin hatte er schon mehrere Proben für die Talentshow verpasst.

»Es gab viel zu tun«, erwiderte Ridley. »Leila und Carter haben einige direkt vor dem Zauberladen gefunden, Olly und Izzy ein paar in den Pflanzenkübeln in der Lobby und noch mehr unter den Tischen im Restaurant. Ich habe welche im Lebensmittelladen eingesammelt und sie gestern Abend geköpft. Alle hatten eine Wanze im Inneren.«

»Hör dir das mal an!« Olly schnappte sich zwei Puppen aus dem Haufen und zog an den Schnüren. Eine sagte daraufhin: »*Fühlen Sie sich bereit für eine unglaubliche Show?*«, die andere: »*Nicht aus Fleisch und Blut und doch so lebhaft!*«

»Ist das alles Werbung für den Bauchredner?«, fragte Theo.

»Wir glauben, dass die Botschaften ein Code sind«, antwortete Carter grimmig.

Ridley nickte. »Und dass die Bösewichte sich durch die Puppen miteinander verständigen.«

»Oder es ist wirklich nur Reklame«, meinte Leila hoffnungsvoll.

Theo legte die Stirn in Falten. »Das bezweifle ich.«

»So oder so, die paar Puppen, die wir bisher haben, reichen noch lange nicht, um Kalagan aufzuhalten«, schaltete Ridley sich wieder ein. »Wir haben gerade überlegt, wie wir an die rankommen, die jemand anders gefunden hat.«

Carter verschränkte die Arme. »Das Problem ist nur, *ich bin kein Dieb!*«

Ridley schüttelte den Kopf. »Könnt ihr ihm bitte mal erklären, dass das kein Stehlen ist? Wir nehmen gefährliche Gegenstände aus dem Verkehr, bevor sie Schaden anrichten.«

»Und wir haben die nötigen Fähigkeiten dafür«, ergänzte Leila. »Ach bitte, Carter, vielleicht wird es sogar lustig.«

Carter schürzte skeptisch die Lippen. »Sollten wir nicht wenigstens erst einmal für die Talentshow proben?«

»Wenns sonst nichts ist …«, sagte Ridley schnell. »Ich habe mir ein paar Gedanken über das Fina…«

»Ich finde nicht, dass wir die Puppen noch länger herumliegen lassen sollten«, unterbrach Theo sie. Er hatte Angst vor einem weiteren Streit über das große Finale. »Offenbar werden es ja jeden Tag mehr.«

»Stimmt«, rief Leila rasch. »Proben können wir auch später noch.« Die anderen wirkten erleichtert.

Olly und Izzy hatten am Morgen beobachtet, wie der Hoteldirektor Mr Arnold eine Darling-Daniel-Puppe mit in sein Büro genommen hatte, deshalb machten die Magischen Sechs sich auf den Weg nach unten. Welche Geheimnisse könnte die Puppe (oder besser gesagt, der Lauscher am anderen Ende) wohl von jemandem erfahren, der Zugang zu so vielen vertraulichen Informationen hatte? Um an das Ding zu gelangen, würden die Kinder allerdings die Massen an Menschen ablenken müssen, die in der Lobby umherwuselten.

Zum Glück sind *Massen an Menschen* als Publikum perfekt.

Nachdem sie sich einen Weg bis zum berühmten ausgestopften Bären mit seinem schwarzen Zylinder gebahnt hatten, stieg Izzy auf Ollys Schultern, und Theo nutzte das lebensgroße Tier als Stütze, um wiederum auf Izzys Schultern zu klettern. Dann wedelte er mit seinem Geigenbogen und rief der Menge zu: »Guten Tag! Herzlich willkommen im Berghotel!«

Mehrere Köpfe wirbelten neugierig herum. Aus dem Augenwinkel sah Theo Leila, Carter und Ridley hinter einen großen Blumenkübel neben Mr Arnolds Büro schlüpfen.

»Ich heiße Theo Stein-Meyer. Unter mir befindet sich Izzy Golden.« Izzy breitete die Arme aus. »Und darunter ihr Zwillingsbruder Olly Golden.« Olly legte einen schnellen Stepptanz hin, der Theo und Izzy durchschüttelte. »Wir möchten Ihnen einen kleinen Zaubertrick zeigen. Schauen Sie genau hin …« Theo hielt den Geigenbogen über den Zylinder des Bären, und der Hut erhob sich plötzlich von dessen haarigem Haupt. Im-

mer wenn Theo den Arm bewegte, schien er hinterherzuschweben.

Die Zuschauer klatschten Beifall.

Er ließ den Hut durch die Luft trudeln, bis er mit einem *Plopp* auf Izzys Kopf landete. Die Krempe rutschte ihr über die Augen. Die Menge lachte und klatschte noch lauter. Mehr und mehr Menschen wandten sich um und sahen zu. Der Zylinder stieg wie von Zauberhand wieder auf und fiel mit einem Salto auf Ollys Kopf. Die ganze Zeit über schwenkte Theo mit hochkonzentrierter Miene seinen Geigenbogen.

Olly griff nach dem Hut und drehte ihn um. Theo beugte sich leicht vor und streckte den Bogen darüber. Zur großen Überraschung des Publikums schwebten zwei kleine Mäuse aus dem Zylinder heraus und fiepten ängstlich.

»Dürfen wir vorstellen: Ozzy und Illy, unsere magischen Maussistenten!«, riefen Olly und Izzy.

Manche Zuschauer quiekten, andere lachten. Leila, Carter und Ridley kauerten noch immer hinter dem Blumenkübel, deshalb richtete Theo den Geigenbogen neu aus, und die Mäuse flogen direkt auf die Menschenmenge zu.

Einige Gäste wichen hektisch aus, andere kreischten. Kinder haschten nach den Flugmäusen, während ihre Eltern sie wegzerrten, und empörte Schreie ertönten, als Leute gegeneinanderstolperten.

Wie aufs Stichwort schwang Mr Arnolds Bürotür auf und knallte mit einem *Wums* gegen die Wand. Wie üblich trug der Hoteldirektor einen weißen Anzug, und sein Gesicht war knallrot. Als er die Zwillinge und Theo sah, rief er laut: »Was geht hier vor sich?«

»Spontane Zaubershow, Chef«, antwortete Olly und ging sacht auf die Knie. »Gut fürs Geschäft.« Izzy streckte Theo die Hände entgegen, damit er von ihren Schultern rutschen konnte. Anschließend sprang sie selbst von Ollys Schultern. Ozzy und Illy plumpsten auf den Boden und huschten in einen Spalt an der Treppe.

»Waren das etwa *Mäuse?*«, fragte Mr Arnold entsetzt. »Im Berghotel?«

»Keine Sorge, Sir«, beruhigte Olly ihn. »Die finden schon zurück in unsere Suite.«

»Ja«, bestätigte Izzy. »Das sind die klügsten Mäuse, die wir auftreiben konnten.«

Mr Arnolds Augen traten aus den Höhlen, und er wandte sich an die aufgeregten Hotelgäste.

Theo schaute rasch zum Büro hinüber, in das Leila, Carter und Ridley gerade geschlichen waren. Sie winkten ihn zu sich. Nachdem er sichergestellt hatte, dass Mr Arnold mit den Zwillingen beschäftigt war, folgte er den anderen.

Die Darling-Daniel-Puppe saß ganz oben auf dem Regal hinter dem Schreibtisch des Direktors. »Wir kommen nicht ran«, flüsterte Leila.

»Wartet kurz.« Theo kletterte auf die Rückenlehne des Schreibtischstuhls. Leila und Carter stützten seine Beine, während Ridley die Tür im Blick behielt. Die drei erwarteten bestimmt, dass er die Puppe herunterschweben lassen würde, aber in diesem Fall war die Lösung viel einfacher. Grinsend schwang er den Geigenbogen und stieß die Puppe vom Regal. Carter streckte schnell eine Hand aus und fing sie auf, bevor sie auf den Boden knallte.

»Beeilt euch«, flüsterte Ridley und wedelte drängend mit der Hand, während sie durch den Türspalt linste. »Den Zwillingen geht das Nervmaterial aus!«

Ein paar Sekunden später schlüpften Theo, Leila, Carter und sie aufgekratzt außer Sichtweite von Mr Arnold am ausgestopften Bären vorbei, ihre neueste

Errungenschaft in Ridleys Rollstuhl verborgen. »Ähem!«, räusperte sie sich laut.

Ohne zu zögern, lächelten Olly und Izzy Mr Arnold breit an, verbeugten sich vor den Überresten ihres Publikums und flüchteten flugs in die Menge.

WIE MAN …

eine Karte über der Hand schweben lässt!

Ich wünschte, ich könnte dir beibringen, wie man *zwei Mäuse* schweben lässt, aber die hat ja nicht jeder immer parat. Also behelfen wir uns mit einer Spielkarte, die sich in die Luft erhebt und über deiner Hand dreht. Dieser Trick benötigt ein bisschen Vorbereitung, aber wenn du genug übst, fallen deinen Freunden vor Staunen die Augen aus dem Kopf.

DU BRAUCHST:

Ein Stück durchsichtiges Plastik – vielleicht von einer Käseverpackung aus dem Kühlschrank?
Eine Schere
Eine gewöhnliche Spielkarte

Einen Silikonklebepunkt (weich und durchsichtig, so etwas findet man in der Regel im Bastelladen)

VORBEREITUNG:

1. Schneide mithilfe eines Erwachsenen ein schmales Rechteck aus dem durchsichtigen Plastik aus. Es sollte ein wenig kleiner sein als die Spielkarte.

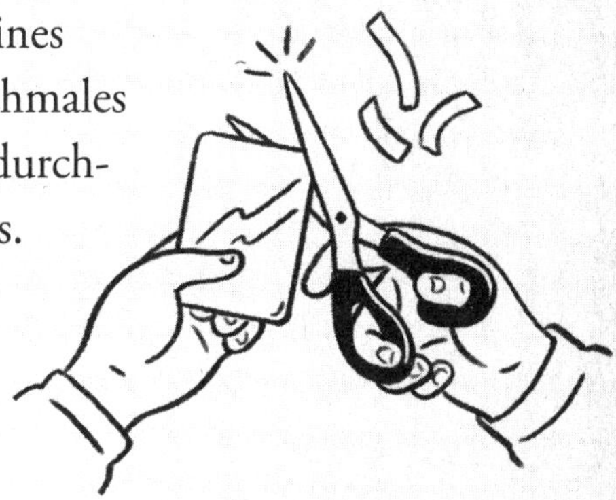

2. Klebe den Silikonpunkt in die Mitte der Spielkarte und presse das Plastikrechteck dagegen. Die Kanten des Rechtecks dürfen nicht über die der Karte ragen.

SO GEHT'S:

1. Platziere das Plastik so in deiner Hand, dass du die beiden gegenüberliegenden Kanten greifen kannst (zum Beispiel mit dem Handballen und der Spitze deines Mittel- oder Ringfingers oder kleinen Fingers).

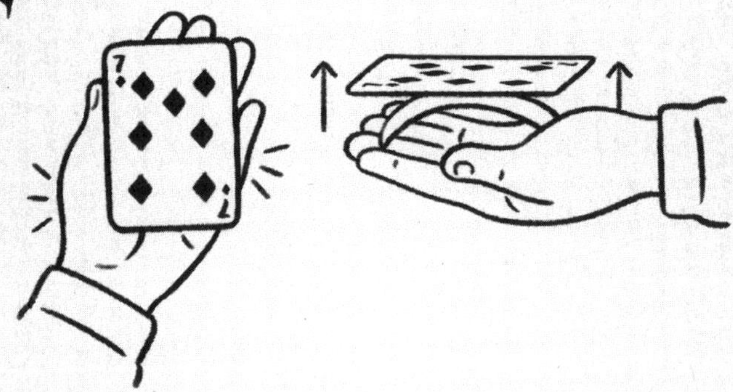

2. Drücke die Kanten des Plastiks leicht zusammen, sodass sich die Karte ein Stück aus deiner Hand erhebt.

3. Um noch mehr Wirkung zu erzielen, ziehe eine Ecke der Karte leicht zu dir. Wenn du sie dann loslässt und gleichzeitig das Plastik zusammendrückst, sieht es aus, als würde sich die Karte drehen, während sie geheimnisvoll in die Luft steigt.

4. Ergreife die Karte mit Daumen und Zeigefinger und entferne sie vom Plastik. Wirbele sie noch ein letztes Mal herum, bevor du sie wegsteckst.

5. Verbeuge dich! Du bist echt super (oder wirst es bestimmt bald sein, wenn du übst, übst und nochmals übst).

DREIZEHN

Während der nächsten Tage suchten Theo und seine Freunde weiter nach Darling-Daniel-Puppen. Ihre Mission führte sie unter anderem zur alten Mühle am Fluss, dem Spielplatz des Kindergartens, Molly Freundlichs Quiltmuseum und dem Kino in der Nähe der Main Street, wo sie gerade lange genug auftraten, um die Besitzer der Puppen abzulenken.

Es fühlte sich an wie früher. Theo war froh, dass die Spannung, die ihr Spionage-Abenteuer im Theater geschürt hatte, verflogen war. Sie hatten sich sogar auf ein

Finale für ihren Auftritt bei der Talentshow geeinigt: Leilas nachgestellten Trauerclownkampf.

Außerdem hatten sie herausgefunden, dass die Puppen exakt sechs verschiedene Botschaften verkündeten. Die letzte lautete: »*Will man dabei sein, sichert man sich lieber schnell ein Ticket!*« Wären die Wanzen im Inneren nicht gewesen, hätten sie tatsächlich nur ein Werbegag sein können.

Am Mittwoch beschlossen die Magischen Sechs, die Jagd nach den Bauchrednerpuppen kurz zu unterbrechen und stattdessen den Rummelplatz zu besuchen, wo an diesem Tag das Heißluftballonfestival startete. Theo und Ridley kamen als Erste an und warteten am Eingang auf die anderen.

»Es ist viel zu lange her, dass wir einfach Spaß zusammen hatten«, meinte Ridley.

»Wirklich?« Theo hob die Augenbrauen. »Ich hätte nie gedacht, dass du eine Schwäche für Spaß hast.«

Ridley schnitt eine Grimasse. »Doch, klar. Welches Kind hat nicht gern ein bisschen Spaß?« Sie holte einen Kaugummi aus der Tasche, wickelte das Silberpapier ab und zeigte ihn Theo. Darauf standen die Worte: *Ein bisschen Spaß*. Theo lächelte. Ridley hatte immer ein Ass im

Ärmel. Sie schob sich den rosafarbenen Streifen in den Mund und fing an zu kauen. Ein paar Minuten später streckte sie Theo die Zunge heraus. Jetzt stand *Ein bisschen Spaß* auf der rosafarbenen Haut. Fast wie ein Tattoo.

Ehe Theo Beifall klatschen konnte, fragte eine Stimme neben seinem Ohr: »Wo sind die ganzen Ballons?« Er wirbelte herum und entdeckte Olly und Izzy Golden in ihren feinsten Karoanzügen.

»Die haben sie noch nicht gefüllt.«

»Wahrscheinlich warten sie auf die heiße Luft«, meinte Olly.

»Dafür bist du ja jetzt da!« Izzy knuffte ihn in die Schulter.

Olly verdrehte die Augen und schlug einen Rückwärtssalto.

»Wer hat Lust auf echtes Schweben?«, fragte Leila, die sich mit Carter zu ihnen gesellt hatte.

Theo hob lächelnd seinen Geigenbogen. »Mir gefällt Schweben in jeder Form.«

Zusammen betraten die Magischen Sechs den Platz. In der Mitte der großen Wiese standen ein Dutzend Körbe, an denen lange Stoffbahnen hingen. Männer und Frauen wuselten hin und her und hoben mal die eine, mal die andere Seite an, während Luft in die Ballons strömte. Langsam nahmen sie Form an. Einige waren rund, aber es gab auch einen Drachen und eine berühmte Zeichentrickmaus. Jeder Ballon hatte ein anderes Muster. Da waren Regenbogenstreifen, Harlekinrauten, weiße Sterne umgeben von schimmerndem Dunkelblau, rosafarbene Herzen auf grünem Grund. Auf einem lilafarbenen Ballon prangte sogar eine Friedenstaube mit einem Lorbeerzweig im Schnabel.

Es war ein unglaublicher Anblick. Die Magischen Sechs beobachteten staunend, wie alle zwölf Ballons sich zu ihrer vollen Größe – teils über dreißig Meter – aufblähten und leicht nach oben stiegen.

Plötzlich keuchte Ridley. »Was ist los?«, fragte Carter. Sie deutete auf einen der Essensstände. Wendel Wisper hatte gerade einen riesigen Hotdog bestellt.

»Was sollen wir tun?«, fragte Leila.

»Wir verfolgen ihn«, beschloss Ridley.

»Warum?«, hakte Carter nach. »Damit wir zusehen können, wie er seinen Hotdog verputzt?«

»Wer weiß, was wir alles erfahren«, bemerkte Theo.

»Durch einen *Hotdog?*«, wiederholte Carter ungläubig.

Ridley warf die Hände in die Luft. »Durch seine Bewegungen. Sein Verhalten. Seine Gesprächspartner. *Alles!*«

Wendel Wisper wandte sich dem Ballonfeld zu, während er aß, und die Magischen Sechs stoben auseinander, damit er sie nicht erwischte. Dann nickte der Bauchredner, als hätte er soeben eine Entscheidung getroffen, zog ein Büchlein aus der hinteren Hosentasche und notierte sich etwas.

Ein Hinweis!, dachte Theo.

Wendel Wisper spazierte zu einem Stand gegenüber, vor dem ein gigantisches Schild verkündete: KAUFEN SIE HIER IHRE FAHRKARTE!

»Los«, drängte Ridley. »Ihm nach!«

Die Kinder teilten sich in Zweiergruppen auf. Jedes Pärchen näherte sich dem Bauchredner unauffällig von einer anderen Seite. Theo hatte sich mit Leila zusammengetan.

»Sollen wir uns auch Tickets kaufen?«, fragte er, als sie den Stand fast erreicht hatten. »Damit es nicht so aussieht, als würden wir nur herumlungern?«

»Gute Idee!«

Wendel Wisper stand ein gutes Stück vor ihnen in der Schlange. In der Ferne entdeckte Theo Carter und Olly. Ridley und Izzy versteckten sich hinter dem Ticketstand. Alle wirkten besorgt. Theo erinnerte sich an Mr Vernons Ratschlag: *Haltet euch immer mehrere Hintertürchen offen.* Wenn jetzt irgendetwas schiefginge, wenn der Bauchredner sich umdrehen und auf sie stürzen würde, hätten sie keine Fluchtmöglichkeit.

Die Schlange bewegte sich schnell. Theo beobachtete, wie Wendel Wisper ein einzelnes Ticket kaufte, und ehe er sichs versah, waren sie selbst an der Reihe.

Leila zog ihn am Arm. »Er ist da lang gegangen!« Der Bauchredner steuerte auf den Heißluftballon mit den weißen Sternen zu. Angestellte verteilten die Besucher und riefen über das Rauschen der Petroleumbrenner hinweg: »Wie viele sind Sie? Hierher, bitte! Nein, dorthin!«

Das Ganze war ziemlich verwirrend. Theo und Leila zeigten ihre Tickets vor und wurden direkt weitergeschubst – schnurstracks zum Ballon mit den Sternen. Plötzlich starrten sie auf Wendel Wispers Rücken. Der Bauchredner schaute über den Rummelplatz und kicherte in sich hinein. Hatte er womöglich *gewollt,* dass die Kinder ihm an Bord folgten?

Der Fahrer des Ballons wies seine Crew an, die Sandsäcke von den Seitenwänden des Korbs abzunehmen, und der Ballon stieg auf. Theo schluckte. *Jetzt haben wir* wirklich *kein Hintertürchen mehr!*

Es gab noch fünf andere Passagiere. Alle bewunderten die Aussicht, bis auf Theo und Leila, die sich so mittig wie möglich im Korb hielten. »Sobald er sich bewegt, bewegen wir uns auch«, flüsterte Theo. »Er darf uns nicht bemerken.«

»Und was, wenn er das längst getan hat?«

Darüber wollte Theo gar nicht nachdenken! Würde der Bauchredner es wagen, sie aus dem Korb zu werfen? Die Situation war fürchterlich unheimlich, bot aber eine einmalige Gelegenheit.

Das Notizbuch lugte aus Wendel Wispers Hosentasche. Theo tippte Leila an und deutete darauf. Was, wenn darin etwas Wichtiges stand – etwas, mit dessen Hilfe die Kinder den Bauchredner daran hindern könnten, sie und den Rest der Stadt mit den Darling-Daniel-Puppen zu belauschen?

Theo holte seinen magischen Geigenbogen heraus, wobei er gut aufpasste, dass er niemanden anrempelte. Ganz langsam und vorsichtig ließ er das Notizbuch aus der Tasche schweben, Zentimeter für Zentimeter, bis es zwischen ihm und Leila in der Luft hing. Wendel Wisper schien nichts bemerkt zu haben. Er schoss mit einer kleinen Kamera Fotos von der Landschaft. Theo schnappte sich das Buch und verbarg es hinter dem Rücken, dann schlichen Leila und er sich auf die andere Seite des Korbs.

Leila flüsterte: »Blättern wir es schnell durch und stecken es wieder zurück, bevor wir landen!«

Theo nickte und reichte ihr das Buch. »Ich gebe dir ein Zeichen, falls er in unsere Richtung schaut.«

Leila zwinkerte ihm zu und wandte sich ab, damit ihr Rücken das Buch vor dem Blick des Bauchredners schützte. Sie hatte es gerade aufgeschlagen, als Wendel Wisper sich abrupt umdrehte. Theo stieß Leila an, um sie zu warnen.

Das Buch fiel ihr aus der Hand und verschwand in der Tiefe.

VIERZEHN

Huch!

O nein!

Ich war so auf Theos Geschichte konzentriert, dass ich fast unser Unglückskapitel vergessen hätte: dreizehn!

In den vorherigen Bänden habe ich es immer gestrichen.

Da ich das diesmal versäumt habe, lassen wir stattdessen einfach das vierzehnte Kapitel aus, okay?

Du bist ja sowieso nicht abergläubisch.

Oder etwa doch?

FÜNFZEHN

»Was machen wir jetzt?«, fragte Leila.

Theo brachte sie mit einem Zischen zum Schweigen. Wendel Wisper hatte sich ihnen zugewandt, schien aber weder das Buch in Leilas Hand bemerkt zu haben noch die Tatsache, dass sie es fallen gelassen hatte. »Wunderbares Wetter«, meinte er gerade zu einer Frau neben sich.

Die erwiderte: »Sagen Sie, sind Sie nicht …«

Theo war dankbar für dieses Gespräch, denn es war die perfekte Ablenkung. Der Ballon setzte zum Sinkflug an. Nachdem sie gelandet waren, drückten Theo und Leila sich ganz am Rand der Gruppe herum, damit sie noch ein paar Extrasekunden nach dem Notizbuch suchen konnten.

»Da!«, flüsterte Theo. Es lag ein Stück vom Korb entfernt im Gras. Die anderen Passagiere drängten zur Tür. »Aber wie sollen wir rankommen, ohne dass uns jemand aufhält?«

Leila zog ein langes weißes Seil aus der Tasche und knüpfte ein Lasso, das sich eine Handbewegung später um Wendel Wispers Notizbuch schlang. Anschließend

holte sie es so rasch ein, dass Theo kaum Zeit hatte, sich um unliebsame Zuschauer zu sorgen.

Als er das Notizbuch an sich genommen und in die Frackjacke gestopft hatte, schlüpften auch Leila und er aus dem Ballonkorb und steuerten wieder auf die Verkaufsstände zu. Sie hatten sich gerade zwischen Zuckerwatte und Limonade versteckt, da packte jemand Theo am Arm. »Lauf, Leila!«, rief er.

»Keine Panik, es ist bloß Carter«, erwiderte Leila erleichtert. Carter, Ridley, Olly und Izzy waren hinter ihnen aufgetaucht und schauten sie verärgert an.

»Was habt ihr euch dabei gedacht?«, fragte Carter. »Das war echt gefährlich!«

»Er hätte euch entdecken können«, sagte Ridley.

»Oder kitzeln«, fügte Izzy hinzu.

»Oder euch einen Pfau als Haustier kaufen«, schlug Olly vor.

Theo zeigte ihnen das Notizbuch des Bauchredners. »Aber es hat sich gelohnt. Jetzt haben wir endlich Informationen. *Richtige* Informationen.«

Carter runzelte die Stirn. »Habt ihr das gestohlen?«

»Ausgeliehen«, beruhigte Leila ihn. »Wir bringen es zurück. Bevor er merkt, dass es weg ist, hoffentlich.«

»Was steht drin?«, fragte Ridley.

Theo holte tief Luft und öffnete das Buch. Das Gekritzel des Bauchredners war schwer zu entziffern. Trotzdem gelang es ihm, laut vorzulesen: »*Wendel Wispers Ernährungstagebuch.*« Seine Wangen fingen an zu brennen. Er überflog die ersten paar Seiten. »*Frühstück: zwei Eier und eine halbe Cantaloupe-Melone. Vormittagssnack: ein Becher Joghurt mit Knuspermüsli. Mittagessen: Kabeljau mit …*«

»Wir haben's kapiert«, unterbrach Ridley ihn. »Ihr habt *Informationen* über den Mageninhalt des Bauchredners gesammelt.«

Theo blätterte zum letzten Eintrag. *Rummelschleckerei: ein Hotdog mit Senf.* »Argh!« Verärgert schlug er das Notizbuch zu. Wie hatte er nur so dumm sein können, ihre Sicherheit zu gefährden, bloß um einen Blick auf …

»Vielleicht ist es nicht *nur* ein Ernährungstagebuch.« Leila bedeutete Theo, ihr das Notizbuch zu reichen. »Das Kassenbuch meines Dads war zum Beispiel kodiert, wisst ihr noch?«

»Ja«, rief Carter. »Um die Namen der Mitglieder seiner Geheimgesellschaft zu verschlüsseln.«

»Zeig mal!« Ridley studierte die Seiten. »Ich erkenne kein Muster. Vielleicht benutzt er Anagramme.«

»Was sind Anagramme?« Olly malte mit den Fingern Anführungszeichen in die Luft.

»*Annas Gramme*«, verbesserte Izzy ihn. »Das Gewicht einer Person namens Anna.«

Ridley schnaubte, beinahe belustigt. »Anagramme sind Wörter oder Sätze, aus deren Buchstaben man andere Wörter oder Sätze bilden kann.« Olly und Izzy wechselten einen verwirrten Blick. »So was wie *Kunst ist Stunk.*«

»Aber ich mag Kunst«, protestierte Izzy.

»Nein, nein, schaut euch die Buchstaben der Wörter an. Das erste – *Kunst* – enthält genau dieselben wie das zweite – *Stunk* –, nur neu zusammengesetzt.«

»Ah, verstanden«, sagte Olly.

»Nein, *verstunken*«, warf Izzy schlagfertig ein.

Carter spähte über Ridleys Schulter. »Und was für Anagramme ergibt *ein Hotdog mit Senf?*«

Dicht gedrängt steckten die Kinder die Köpfe über dem Notizbuch des Bauchredners zusammen. Ridley notierte sich ein paar Anagramme in ihrem eigenen Notizbuch. Die meisten klangen völlig lächerlich.

Hemd neigt ins Foto.

Dingfest meint oho!

Gnom, die Info steht.

Doch dann entschlüsselten die Magischen Sechs Kombinationen, die wie Namen aussahen:

Ingo H. Mottesfeind

Hedifine Smognott

Otto Dingtheim Sen.

Schnell wurde klar, dass es einfach zu viele Möglichkeiten gab. »Die Namen könnten wichtig sein«, meinte Ridley. »Aber je mehr ich aufschreibe, desto weniger glaube ich, dass wir die richtigen erraten haben.«

»Schade«, sagte Olly. »Hedifine Smognott hätte ich gern kennengelernt.«

»Die stammt bestimmt aus Finnland«, warf Izzy ein.

»Und ist Kaminkehrerin«, ergänzte Olly.

»Von wegen, Lokführerin!«

Die Vorstellung eines traurig tutenden Zugs passte gerade ganz gut, denn plötzlich erklang Wendel Wispers Stimme in ihrer Nähe. »Ich habe keine Ahnung, wo es hingekommen ist. Erst hatte ich es noch in der Tasche, und kurz darauf war es weg.« Als die Kinder sich umdrehten, sahen sie den Bauchredner mit einem Ordner sprechen.

Sie erstarrten. Und als der Ordner in ihre Richtung deutete, wurden sie gänzlich zu Stein.

»Schauen Sie mal dort drüben, da finden Sie, was Sie suchen.«

»Schnell, mir nach!« Ridley rollte hinter den Ständen entlang.

Die anderen folgten ihr hastig, rempelten und drängelten, um nicht in den Matsch zu treten. Am Ende der Standreihe ragte ein hoher Maschendrahtzaun vor ihnen auf. Sie wandten sich nach links und eilten weiter.

Theo malte sich aus, wie der Bauchredner ihn einholte, wie eine große Hand ihn am Kragen packte und zu Boden schleuderte. *Wo ist mein Buch?* Er warf einen Blick über die Schulter und entdeckte Wendel Wispers langen Schatten dort, wo sie sich eben noch versteckt hatten. »Hier rüber!« Theo winkte seine Freunde hinter einen kleinen Stand.

Der Platz reichte gerade so für alle.

»So viel zu den Hintertürchen, die wir uns offen halten sollen«, zischte Ridley. »Was, wenn Wisper uns hier angreift?«

»Hör auf rumzujammern«, brummte Carter.

Theo, Leila, Olly und Izzy schnappten nach Luft. Carter erbleichte.

»Wie bitte?«, fragte Ridley drohend.

»Ich hab nichts gesagt!« Jetzt nahmen Carters weiße Wangen einen leuchtenden Rotton an.

»Wer sonst?«

»Keine Ahnung, aber ich war's nicht.«

»Du bist bloß neidisch, weil ich als Einzige mein Hirn benutze. Vor genau so was hat Mr Vernon uns gewarnt!«

»Aber er hat auch gemeint, dass wir zusammenhalten müssen«, erinnerte Leila sie.

»Noch mehr ›zusammen‹ geht gar nicht«, schoss Ridley zurück. »Wir kleben ja quasi aneinander!«

»Psst«, machte Theo. Auf der anderen Seite des Stands waren Schritte zu hören.

»Guten Tag«, sagte der Bauchredner. »Kannst du mir vielleicht weiterhelfen?«

Theo rutschte das Herz in die Hose.

Da antwortete eine andere Stimme: »Na, das hoffe ich doch, Sir. Was kann ich für Sie tun?«

»Ist das hier das Fundbüro?«

Das Fundbüro! Der Ordner hatte Wendel Wisper nicht auf die Magischen Sechs gehetzt – er hatte ihn nur zu diesem Stand geschickt.

Das ist unsere Chance, dachte Theo. Die perfekte Gelegenheit, das Notizbuch zurückzugeben, ganz ohne lästige

Fragen. Ridley hatte schon alles abgeschrieben, was sie brauchten. Aber wie sollte Theo es anstellen?

Er hob die Plane an der Rückwand des Fundbüro-Stands ein Stück an. Durch den Spalt erkannte er mehrere Holzkisten unter der Theke, vor der Wendel Wisper wartete. Theo holte seinen Geigenbogen aus der Tasche und schnappte sich das Notizbuch von Ridleys Schoß.

»Hey!«, fauchte die, aber er ignorierte sie. Sie hatten jetzt keine Zeit für Diskussionen.

»Ein Notizbuch, sagen Sie?«, fragte der Teenager im Fundbüro. Theo beobachtete, wie er sich vorbeugte und anfing, in den Kisten herumzukramen. »Können Sie mir beschreiben, wie es aussieht?«

Wendel Wisper schnaubte. »Na, wie … wie ein Notizbuch eben. Was willst du denn sonst noch wissen?«

»Wir brauchen ein Ablenkungsmanöver«, flüsterte Theo.

Olly hob eine Hand und mit der anderen die seiner Schwester. »Du hast uns gerufen?«

»Beeilt euch, bevor uns jemand entdeckt.«

»Jawohl, Chef!« Izzy packte ihren Bruder am Arm, und die beiden hüpften um die Ecke.

Bald darauf hörte man zusammenprallende Körper und ein ersticktes *Uff!*

»Du liebe Güte, alles in Ordnung bei euch beiden?«

Theo konnte nicht sehen, was genau die Zwillinge trieben, aber es funktionierte. Selbst der Teenager achtete nicht mehr auf seinen Stand.

Theo schob den Geigenbogen unter der Plane hindurch und ließ das Notizbuch des Bauchredners über den Boden schweben. Eine Bewegung seines Handgelenks, und das Buch landete mit einem Satz direkt in einer Holzkiste. Er hätte am liebsten losgejubelt, riss sich aber zusammen. Es kam ihm vor, als hätte er gerade ein seltsames Jahrmarktspiel überlistet. Blitzschnell zog er Geigenbogen und Kopf zurück.

»Tut mir leid, ehrlich«, verkündete Izzy soeben. »Mein Bruder ist so ein Tollpatsch.«

»Und stolz darauf!«, erwiderte Olly.

Theo entschlüpfte ein kleines Lächeln. Bestimmt tänzelten die Zwillinge gerade über den Rummel davon, während Wendel Wisper und der Teenager ihnen verdutzt und sprachlos nachschauten.

Die Kinder folgten dem Bauchredner, der sein Ernährungstagebuch wieder sicher in der Hosentasche verstaut hatte, in unauffälliger Entfernung in die Stadt zurück. Jedes Mal, wenn er anhielt, um mit jemandem zu sprechen, machte Ridley sich eine Notiz. Ein Herr mit einem braunen Filzhut. Eine junge Frau mit einem Kinderwagen voll Schmutzwäsche. Ein Paar in zusammenpassenden Jeanslatzhosen. Alle hatten Darling-Daniel-Puppen dabei. Der Bauchredner schüttelte den Puppen die Hand und tat so, als bekäme er einen Stromschlag. Die Leute lachten.

»Es sind einfach viel zu viele«, sagte Carter. »Wir können sie nicht alle einsammeln.«

»Als wäre unsere ganze Arbeit umsonst gewesen«, brummte Ridley frustriert.

»Vielleicht brauchen wir einen neuen Plan«, meinte Leila.

»Zum Beispiel?«, fragte Olly.

»Ich hätte da einen Vorschlag«, rief Izzy. »Beziehungsweise Radschlag!« Sie gab ihnen eine kleine Kostprobe und wirbelte über den Bürgersteig.

Leila schüttelte den Kopf. »Ich dachte eher an so was wie einen anonymen Brief an die Mineral Wells Gazette, damit jemand einen Artikel über die Wanzen in den Puppen schreibt.«

»Aber selbst wenn wir den Brief anonym verschicken, wissen Wisper und Kalagan Bescheid, dass *irgendwer* ihnen auf der Spur ist«, wandte Ridley ein.

Die Kinder verstummten. Erst als der Bauchredner vor dem Friseurladen in ein Taxi stieg – was Ridley sich ebenfalls notierte –, ergriff Theo das Wort. »Wollen wir gar nicht über das reden, was passiert ist?«, fragte er, während sie auf den Zauberladen zusteuerten.

»*Was* was?« Olly legte die Stirn in Falten.

»Hinter dem Fundbüro. Als Carter gemein zu Ridley war.«

»Ich war nicht gemein zu Ridley«, protestierte Carter. »Ich weiß, ihr habt alle das mit dem Rumjammern gehört. Ich hab's auch gehört. Aber ich hab's nicht *gesagt*, Ehrenwort!«

»Ich glaube dir.« Leila drückte ihm den Arm. »Das ist ja nicht das erste Mal diese Woche, dass jemand unsere Stimmen imitiert. Wendel Wisper stand ganz in unserer Nähe, und er hat es wieder getan.«

Ridley schürzte skeptisch die Lippen.

»Selbst wenn, ist es nicht das, worüber wir uns unterhalten sollten.« Theo schaute Ridley scharf an. »Sondern über deine Antwort.«

»Was hab *ich* denn gesagt?«

»*Du bist doch bloß neidisch, weil ich als Einzige mein Hirn benutze*«, wiederholte Carter. Ridley wurde rot, und ihr Gesicht verfinsterte sich weiter.

»Wollen wir nicht einfach alle nett zueinander sein?«, fragte Leila.

Carter nickte. »Genau. Wenn wir uns ständig streiten, können wir uns gar nicht auf das konzentrieren, was Wendel Wisper treibt.«

»Und was treibt er?«, hakte Ridley nach.

»Er *bringt* uns zum Streiten!« Carter schrie förmlich. »Und es funktioniert! Merkst du das nicht?«

»Auf keinen Fall.« Ridley schlug ihr Notizbuch auf. »So simpel kann sein Plan nicht sein. Wir haben so viele Beweise …«

»Was denn für Beweise?«, fragte Theo. »Wir haben einen Blick in sein Ernährungstagebuch erhascht, das vielleicht oder vielleicht auch nicht voll geheimer Anagramme ist. Ich schätze eher Zweiteres.«

Ridley riss entnervt die Augen auf. »Aber wir haben doch gerade selbst gesehen, wie er mit diesen ganzen Leuten gesprochen hat. Das sind bestimmt seine Komplizen!«

»Oder einfach Leute, denen seine Show gefällt«, meinte Leila. »Immerhin hatten sie alle eine Puppe.«

Ridley schüttelte den Kopf. »Du willst also behaupten, dass Wendel Wisper *nicht* für Kalagan arbeitet?«

»Nein. Aber alles, was wir wissen, deutet darauf hin, dass er mit uns *spielt*. Vielleicht wäre es besser, wenn wir ihn ignorieren.«

»Das Risiko ist mir zu groß. Dir nicht?«

Die anderen schwiegen einen Moment.

Dann meldete sich Carter zu Wort. »Ich bin Leilas Meinung. Wir sollten den Ball flachhalten. Zumindest, bis ihr Dad wieder da ist.«

Theo wurde schwindelig. Das war nicht fair. Warum konnten sie nicht normale Sommerferien haben, ohne ständig befürchten zu müssen, dass Bösewichte ihre geliebte Stadt unterwanderten?

»Wisst ihr was?«, fauchte Ridley. »Ich bin müde. Ich fahre nach Hause.«

Leila und Carter wechselten einen besorgten Blick.

»Ganz wie du möchtest«, sagte Leila. »Wir verstehen das.«

»Wer wir?«, fragte Ridley. »Verschwört ihr euch jetzt gegen mich?«

»Kein bisschen!«, rief Izzy.

Und Olly fügte hinzu: »Wir würden uns nie verschwören, wir schwören's!«

»Vielleicht täte eine kleine Mittagspause uns allen gut«, meinte Theo. »Wir können uns ja später wieder treffen.«

»Mit Vergnügen«, stieß Ridley durch die Zähne hervor. »Gehen wir, Theo.«

Theo verzog das Gesicht. »Ich ... ich glaube, ich wäre lieber allein.« War seine Antwort zu gemein? Er schaute zu den anderen. Die wirkten verständnisvoll.

»Schön«, erwiderte Ridley ausdruckslos. »Olly, Izzy, kommt ihr mit zu mir?«

»Ja«, jubelte Izzy. »Ich wollte schon immer mal sehen, wo du wohnst.«

»Roll voraus«, rief Olly. Die beiden schienen nicht zu bemerken, wie unangenehm ihre Begeisterung den anderen war.

Ridley hielt auf die Straßenecke zu. Kurz vor dem Abbiegen drehte sie sich noch einmal um und funkelte sie alle finster an.

Nein, nicht uns alle, dachte Theo. *Mich!*

SECHZEHN

»Alles in Ordnung?«, fragte Carter Theo.

»Ich glaube schon. Ich mag es nur nicht, wenn Ridley so ist.«

»Ich weiß genau, was du meinst. Als ich in Mineral Wells angekommen bin, dachte ich sogar erst, sie hasst mich.«

»Ridley hasst niemanden«, wandte Leila ein. »Sie ist einfach frustriert. So wie wir alle.«

Carter drehte sich wieder zu Theo. »Willst du vielleicht mit reinkommen? Im Zauberladen finden wir bestimmt was zu futtern. Wir können auch mit Hokuspokus in den Park gehen. Er guckt gern den Eichhörnchen zu.«

Theo spähte durch die dunklen Schaufenster. Und obwohl er die prall gefüllten Regale erkannte, die Gläser voll magischem Krimskrams und sogar Zylinder, Ridleys Kaninchen, das ziellos umherhoppelte, schien der Ort etwas von seinem Glanz verloren zu haben. Mr Vernon war sein pulsierendes Herz – und der war nicht da.

»Danke. Aber es war ernst gemeint, dass ich jetzt gern allein wäre. Ein andermal?«

»Jederzeit«, sagte Leila. »Schweb schon ab!«

Theo schenkte ihr ein kleines Lächeln, ehe er sich umdrehte und in die entgegengesetzte Richtung davonschlurfte.

Er konnte nicht nach Hause. Dort würde niemand verstehen, was er gerade durchmachte. Und wenn er noch eine Minute länger bei seinen Freunden blieb, würde sein Ärger wahrscheinlich immer größer werden und sich aufblähen wie ein gigantischer Heißluftballon. Aber er kannte jemanden, mit dem er reden konnte. Jemanden, der gar nicht weit weg wohnte.

Im Musikladen brannte Licht, deshalb trat Theo ein. Sein Puls beschleunigte sich schon beim Gedanken an Emily. (Ach, gibt es etwas Magischeres als die Aussicht auf ein Wiedersehen mit einem Menschen, der dein Herz zum Holpern bringt? Ich, äh … du liebes bisschen, ich werde ja ganz rot! Bitte entschuldige mich.) Er schaute sich um, konnte aber niemanden entdecken. Aus dem hinteren Teil des Ladens drang leise Musik. Theo spähte durch eine Tür, die einen Spaltbreit offen stand.

Mick Meridian saß über eine Werkbank gebeugt, mit dem Rücken zu ihm. Ein Grammofon in der Ecke spielte ein kratziges Menuett. Der Mann wiegte sich zur Musik, während er an irgendeinem Ding herumbastelte.

An seinem Nacken bemerkte Theo etwas, das ihm vorher entgangen war, einen wulstigen rosafarbenen Fleck, der unter dem Hemdkragen hervorragte und sich bis zum linken Ohr zog. Es sah aus wie eine Narbe.

Die Tür quietschte leise, als Theo sich dagegenlehnte, und Mick Meridian wirbelte auf dem Hocker herum. »Wer ist da?«

»Theo Stein-Meyer«, antwortete Theo durch den Türspalt. »Tut mir schrecklich leid. Ich dachte, der Laden hätte geöffnet.«

»Theo!« Mick Meridian sprang auf und rannte förmlich auf ihn zu. »Immer hereinspaziert. Natürlich haben wir geöffnet. Bisher war nur so wenig los, dass ich mich hier hinten meinem Spezialgebiet gewidmet habe.« Er deutete auf das Regalbrett über der Werkbank. Darauf ruhten ein halbes Dutzend seltsamer Apparate. »Metronome. Ein kleines Hobby von mir.«

Theo kannte solche Geräte. Tatsächlich stand sogar eins bei ihm zu Hause im Wohnzimmer auf dem Klavier. Ein Metallstab, der auf einem hölzernen Sockel hin und her schwang und so Musikern half, den Takt zu halten. *Tick, tack, tick, tack, tick, tack.* Man konnte die Geschwindigkeit anpassen, indem man ein Metallgewicht am Stab verschob.

Mick Meridians Metronome jedoch waren etwas ganz Besonderes. Jedes der Gewichte hatte eine andere dekorative Form. Es gab einen Finger, eine Art Sonne, eine umgedrehte Mondsichel, ein Auge wie auf der Rückseite des Dollarscheins, einen knallroten Apfel und ein etwas dunkleres Herz. »Die haben Sie gemacht?« Der Mann nickte. »Die sind großartig!«

»Vielen Dank.« Mick Meridian lächelte, während er Theo zurück in den vorderen Teil des Ladens führte. »Ich habe ja eine gewisse Vermutung, warum du hier bist, aber meine Tochter ist leider nicht da. Sie wollte zum Heißluftballonfestival drüben auf dem Rummelplatz.«

Theos Lächeln erlosch unwillkürlich. »Daher komme ich gerade.«

»Komisch, dass ihr euch nicht begegnet seid. Emily war auf der Suche nach dir.«

»Wirklich?« Theo wurde warm. »Vielleicht sind wir an ihr vorbeigelaufen.«

»Wir?«

»Ich war mit meinen Freunden aus dem Zauberladen da.«

»Ach ja, der Zauberladen.« Mick Meridians Blick verlor sich, als würde er sich an etwas erinnern. »Wie geht es Dante Vernon eigentlich?«

»Er ist immer noch unterwegs. Ähm, geschäftlich.« Es fühlte sich eigenartig an, es so zu formulieren. Als würde er lügen.

Mick Meridian kniff die Lippen zusammen. »Aber irgendetwas stimmt nicht, das sehe ich doch. Wenn nicht mit Dante, dann womöglich ... mit deinen Freunden?«

Statt einer Antwort ließ Theo den Kopf hängen.

»Freundschaften zu erhalten, kann kompliziert sein. Fast wie bei einem antiken Instrument. Man darf es nicht zu heftig bespielen. Und es besteht immer das Risiko, dass irgendetwas rostet.«

Theos Brust zog sich zusammen. Dann fing er an zu erzählen. Langsam. Vom Bauchredner im Berghotel und – ohne ins Detail zu gehen – dass seine Freunde und er fürchteten, der Mann habe einen gemeinen Trumpf im Ärmel. Von Ridley und wie schwierig sie manchmal war. Und schließlich, fast widerstrebend, von den Stimmenimitationen, die die Magischen Sechs an diversen Orten gehört hatten und mit denen der Bauchredner Streit zwischen ihnen anzetteln wollte. Die Wanzen in den Puppen behielt er für sich, aus Angst vor Ridleys Reaktion.

»Ich finde es schwer zu glauben, dass irgendwer in einem engen Freundeskreis Streit anzetteln kann«, meinte Mick Meridian. »Die Spannung muss schon vorher da gewesen sein.« Er trommelte mit den Fingern auf den Verkaufstresen. »Seid ihr eifersüchtig aufeinander?«

»Eifersüchtig?« Theo legte die Stirn in Falten. »Das hätte ich nie gedacht. Zumindest nicht bis zu diesem Sommer. Bis zur Talentshow.«

»Vielleicht wäre es besser, wenn ihr das mit der Talentshow nicht so ernst nehmt. Gönnt euch ein Päuschen voneinander. Eine Auszeit kann oft tiefe Wunden heilen.«

»Ja, vielleicht.« Theos Gedanken wanderten zu seinen Geschwistern, die alle so weit entfernt lebten. Die gemeinsamen Ausflüge in der vergangenen Woche waren schön gewesen, aber es hatte Zeit und Mühe gekostet, an diesen Punkt zu gelangen. »Ich werde es mir überlegen.«

»Das klingt klug. Übrigens: Musik ist immer eine gute Ablenkung.«

»Das stimmt. Meine Geschwister und ich haben neulich im Garten zusammen gejammt. Das hat Spaß gemacht.«

»Perfekt!« Mick Meridian stand auf. »Weißt du was? Ich habe etwas für dich.« Er bedeutete Theo, ihm wieder ins Hinterzimmer zu folgen. Dort angekommen, zeigte er auf das Regalbrett über der Werkbank. »Such dir eins aus.«

Theos Magen schlug einen Salto. »Eins von Ihren Metronomen?«

»Was sollen sie hier verstauben? Such dir eins aus und benutz es für die nächste Jamsession mit deinen Geschwistern. Das ist mein Geschenk an dich. Weil du so nett zu Emily warst.«

Theo ließ den Blick über das Regalbrett schweifen. Das letzte Metronom auf der linken Seite fiel ihm ins Auge. Das in Herzform. Emilys Gesicht schoss ihm durch den Kopf, als er zu Mick Meridian sagte: »Das da ist wunderschön!«

* * *

Ein paar Tage später riss ihn das klingelnde Telefon aus dem Schlaf. Seine Mutter öffnete die Zimmertür einen Spaltbreit. »Für mich?«, fragte Theo besorgt.

»Ja. Jemand namens …« Sie schaute auf den Zettel in ihrer Hand. »*Ollinissy?*« Sie klang verwirrt. »Er … Sie hat darauf bestanden, dass ich dich wecke. Ist alles in Ordnung?«

Seufzend schlüpfte Theo in seine Hausschuhe. »Das werde ich wohl in Kürze erfahren.«

Er stapfte in den Flur und nahm den Telefonhörer auf. »Olly? Izzy? Was ist los?«

Die Zwillinge übertönten sich gegenseitig, aber das Wesentliche verstand Theo. Es gab einen Notfall im Berghotel. Er sollte sofort kommen.

Als er die Suite der Goldens erreichte, war der Rest seiner Freunde schon da. Leila und Carter waren mit dem anderen Mr Vernon hergefahren, und Ridley hatte zu seiner Überraschung bei den Zwillingen übernachtet.

»Na endlich!«, rief sie, als er ins Wohnzimmer trat. Die Möbel standen alle an ihrem Platz – heute Morgen hatten die Goldens wohl kein Tanztraining geplant. »Dann können wir ja anfangen.« Sie drehte sich zu den anderen, die im Raum verteilt saßen. »Ich beantrage, die Zauberzusammenkunft zu eröffnen.«

»Unterstützt«, sagte Leila.

»*Überstützt!*«, riefen Olly und Izzy im Chor, und dann: »Ha! … Haha! … Hahaha!«

»Warum sind wir hier?«, fragte Theo. »Bitte entschuldigt, ihr zwei, aber ist jemand verletzt?«

»Noch nicht«, antwortete Ridley. »Zum Glück.« Sie zog eine große Papierrolle aus der Tasche an der Rückenlehne ihres Rollstuhls. Theo erkannte das Plakat für

Wendel Wispers Bauchrednershow wieder. »Aber das ist nur eine Frage der Zeit, wenn wir nichts unternehmen.«

Theo, Leila und Carter beugten sich vor. Olly und Izzy schienen bereits zu wissen, worum es ging. Sie stellten sich zur Unterstützung neben Ridley.

Die reichte ihnen das Plakat, damit sie es für alle gut sichtbar hochhalten konnten. Anschließend zeigte sie auf die Worte ganz oben. »Mir ging das, worüber wir neulich geredet haben, nicht aus dem Kopf. Die Anagramme.«

Ein Schauer überlief Theo. Er hatte die Pause von Wendel Wisper und Kalagan genossen. Jetzt, wo das Rätsel sich wieder in den Vordergrund drängte, wurde ihm flau im Magen.

Leila las laut vor: »*Ensemble Schade-Schozges präsentiert.*«

Ridley holte ihr Notizbuch heraus und schlug es auf. Die Seiten waren gefüllt mit ihrer Handschrift. »Als ich heute Morgen aufgewacht bin, ist mir dieser Name eingefallen. Er klingt total unsin-

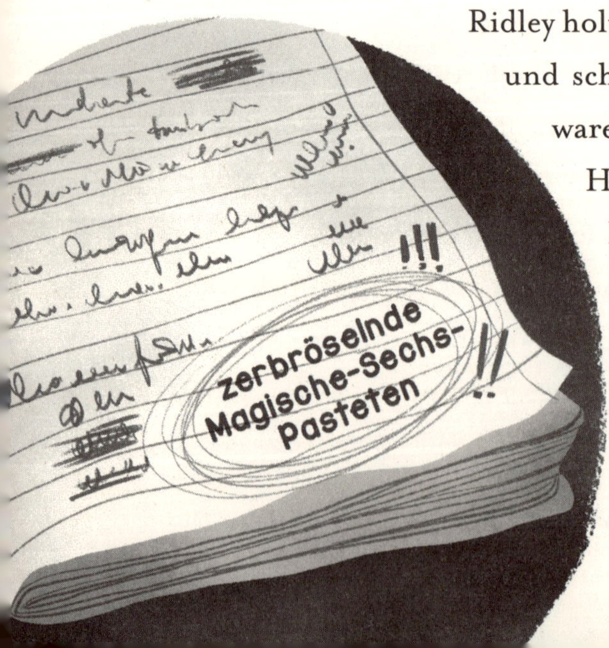

nig, aber irgendwie auch nicht. Ich habe mit den Buchstaben rumgespielt, sie immer wieder neu geordnet. Und guckt mal, was dabei rausgekommen ist.«

Sie legte den Finger auf die Seite.

In der letzten Zeile stand: *zerbröselnde Magische-Sechs-Pasteten.*

Theo richtete sich auf, presste sich die Hand auf den Mund und schaute Ridley an. Halb erwartete er, dass sie zufrieden grinsen würde, weil sie recht gehabt hatte, was den Bauchredner betraf. Aber sie wirkte genauso ängstlich wie alle.

»Auweia«, flüsterte Carter.

Leila schüttelte den Kopf. »Das kann kein Zufall sein.«

»Wir müssen ihn damit konfrontieren«, sagte Ridley mit Nachdruck. »Und zwar heute noch.«

»Wir wissen ja, in welchem Zimmer er wohnt«, meinte Izzy. »Statten wir ihm gleich einen Besuch ab.«

»Zu gefährlich«, wandte Carter ein.

»Wir sollten mit Mr und Mrs Golden reden.« Theo warf einen Blick zur Küchentür, aber alles blieb still.

»Mum und Dad sind nicht da, sie geben einen Kurs für die Gäste«, erklärte Olly.

»Dann warten wir, bis sie zurück sind«, sagte Theo. »Solange sollten wir diesen Raum nicht verlassen.«

»Was ist mit Dean?«, fragte Izzy. »Vielleicht kann er uns noch mal helfen.«

Ridley verdrehte die Augen. »Wie denn? Indem er unser Gepäck trägt?«

»Mein Paps ist unten in der Küche«, schlug Leila vor.

Ridley runzelte die Stirn. »Und was sollen wir ihm erzählen?«

Theo betrachtete noch einmal das Plakat. Darling Daniels große Glasaugen starrten ihn an, als könnten sie ihm direkt in den Kopf gucken.

»Alles. Wir erzählen ihm alles.«

★ ★ ★

Die Kinder versammelten sich in einer Sitzecke der Lobby neben dem Restaurant, die hinter dichtem Topfpflanzengrün verborgen war. Flüsternd teilten sie ihre Bedenken mit Leilas Paps. Als sie zu Ende berichtet hatten, sagte der: »Das ist nicht gut. Das ist ganz und gar nicht gut.«

Theo biss die Zähne zusammen. Er hatte auf etwas Beruhigendes gehofft, wie *Dafür gibt es bestimmt eine andere Erklärung* oder *Ich kümmere mich darum. Macht euch keine Sorgen!* Stattdessen saß der andere Mr Vernon einfach da und kaute auf seiner Unterlippe herum.

»Ich muss Dante erreichen«, murmelte er vor sich hin.

»Hat Mr Vernon sich eigentlich je gemeldet?«, fragte Theo.

Leila und Carter schüttelten die Köpfe.

»Aber Paps meinte, das sei nicht schlimm«, fügte Leila hinzu. »Weil Dad mit allem fertig werden würde.«

»Und das stimmt auch«, versicherte der andere Mr Vernon, obwohl er noch immer besorgt wirkte. »Doch wir müssen mit diesem Wisper-Kerl reden. Noch heute. Am besten jetzt gleich!«

»Aber nicht oben in seinem Zimmer«, wandte Theo ein. »Sondern an einem öffentlichen Ort. Vor aller Augen kann er uns nichts tun.« *Uns zu Pasteten verarbeiten, zum Beispiel,* ergänzte er in Gedanken.

»Ganz genau, Theo«, sagte der andere Mr Vernon. »Wir sorgen dafür, dass er zu uns kommt.«

»Wie?«, fragte Olly.

»Wohin?«, fragte Izzy.

»Wann?«

»Wer?«

»Das ist eine ernste Sache«, schimpfte Ridley. Die Zwillinge hielten sich den Mund zu und wichen zurück, als würden sie aus dem Rampenlicht treten.

Der andere Mr Vernon biss sich nervös auf die Innenseite seiner Wangen. »An der Rezeption gibt es ein Telefon. Und hier in der Lobby sind massenhaft Leute. Ihn runterzulocken, wird so einfach wie Kuchenbacken.« Er eilte in die Küche und kehrte einen Moment später mit einem dicken, mehlbestäubten Nudelholz wieder.

Olly hob die Augenbrauen. »Kuchenbacken ist *einfach*?«

»Man braucht nur starke Handgelenke.« Der andere Mr Vernon schwang drohend das Nudelholz. »Machen wir ihn platt!«

SIEBZEHN

Der ausgestopfte Bär starrte die Kinder mit leeren Augen an. Heute trug er einen Bastrock und einen Kokosnuss-BH. Theo musste beinahe grinsen. Aber die Sorge zog seine Mundwinkel nach unten, und seine Gedanken wanderten zum unheimlichen Plakat zurück. Warum sollte es jemand auf die Magischen Sechs abgesehen haben? Sie waren doch nur Kinder, die Spaß haben, zaubern und die Leute zum Lächeln bringen wollten.

»Carter und ich haben den anonymen Brief an die Mineral Wells Gazette doch geschrieben«, gestand Leila flüsternd. »Über die Wanzen in den Puppen. Wir haben ihn heute Morgen eingeworfen.«

Ridley nickte. »Das war die richtige Entscheidung.«

»Ich habe Angst«, sagte Olly. »Was, wenn der Bauchredner uns angreift?«

»Ich habe Hunger«, ergänzte Izzy. »Was, wenn der Zitronenkuchen alle ist, bevor wir welchen abbekommen?«

Theo war froh über das Geplänkel der Zwillinge. Es war eine gute Ablenkung. Die Magischen Sechs ließen die Aufzugtüren nicht aus den Augen. Sie warteten auf Wendel Wisper.

Ein paar Minuten später verkündete eine dröhnende Stimme hinter ihnen: »Euch kenne ich!«

Theo drehte sich um. Wendel Wisper hatte sich vor ihnen aufgebaut. Im Arm wiegte er den echten Darling Daniel wie ein Baby. Seine Puppe und er musterten die Kinder.

Offenbar hatten die beiden nicht den Aufzug nach unten genommen. Mr Vernons Ratschlag fiel Theo wieder ein: *Angehende Zauberer sollten auf alles vorbereitet sein.* Diesmal hatten sie kläglich versagt.

Darling Daniels Kopf wirbelte hin und her, als wollte er die Magischen Sechs gründlich unter die Lupe nehmen. »*Was ist los?*«, krächzte er. »*Hat's euch die Sprache verschlagen?*«

»Ihr zwei wart mit mir im Heißluftballon!« Wendel Wisper nickte Theo und Leila zu, die rot anliefen. Theo presste sich gegen die Sessellehne, weil der Mann oder die Puppe bestimmt gleich die Hände ausstrecken und ihn erdrosseln würden. Stattdessen lächelte Wendel Wisper. »Das hat Spaß gemacht, nicht?«

»Es war sehr schön da oben.« Leilas Stimme war nicht mehr als ein Quieken.

»Ich überlege, heute noch mal hinzugehen«, erzählte der Bauchredner.

Seine Puppe fügte hinzu: »*Dann darf* ich *eine Runde am Himmel drehen.*«

Ein paar Gäste hatten Wendel Wisper bemerkt und scharten sich prompt zu einem kleinen Publikum zusammen. Einige von ihnen hatten sogar Darling-Daniel-Kopien dabei.

»Es tut mir leid, dass ich dich gestern nicht mitgenommen habe«, erklärte der Bauchredner seiner Puppe. »Aber du hast gesagt, dir sei nicht gut.«

»*Nur weil ich keine Lust auf diesen Schlabberfraß hatte, den es zum Frühstück gab!*«

»Lügen haben kurze Beine«, raunte Wendel Wisper Darling Daniel hörbar zu. Anschließend wandte er sich wieder an die Magischen Sechs und lächelte.

Diesmal war Theo sich ziemlich sicher, dass es nicht nett gemeint war. Er warf einen hilfesuchenden Blick in Richtung Empfang, wo der andere Mr Vernon in ein Gespräch mit der Rezeptionistin vertieft war. Plötzlich rollte Ridley vor.

»Lassen Sie das Theater, Mr Wisper!«

Der Bauchredner zuckte zusammen. »Wie bitte?« Er verstellte sich nicht länger für die Hotelgäste, sondern versuchte, Ridley auszuweichen, aber die stellte sich ihm in den Weg und fuhr ihm dabei fast über die Zehen. »Holla, wie wär's mit ein bisschen Sicherheitsabstand?«

»Wir wissen, für wen Sie arbeiten. Und wir wissen auch, was Sie beide vorhaben.«

»*Ridley*«, flüsterte Leila beschwörend.

Doch die ließ sich nicht beirren. »Also geben Sie einfach auf. Wir lassen Sie erst in Ruhe, wenn Sie Ihre Sachen packen und endlich aus Mineral Wells verschwinden!«

Wendel Wisper straffte die Schultern und richtete sich zu seiner vollen Größe auf. Sein Gesicht wurde so rot wie die Rosen in der großen Vase neben dem Hoteleingang. »Wie redest du denn mit mir, junge Dame?«

Ridley holte tief Luft und wollte ihm schon den Marsch blasen, als Theo rief: »Warte, Ridley, der andere Mr Vernon wird uns helfen.«

Er rannte zum Empfang hinüber, während es hinter ihm in voller Lautstärke weiterging, und kam schlitternd zum Stehen. »Wendel Wisper ist da!«

Der andere Mr Vernon wirbelte herum und spurtete los. Mehlwölkchen stoben auf, als wäre er eine Lokomotive. Theo folgte ihm im Laufschritt.

Olly und Izzy hielten dem Bauchredner inzwischen das Plakat vor die Nase, und Ridley zeigte ihm die Anagramme in ihrem Notizbuch. Wendel Wisper hatte die Stirn gerunzelt, und sein Mund formte ein schlaffes O.

»Damit habe ich nichts zu tun«, beteuerte er. »Dieses Plakat muss jemand aus dem Hotel gebastelt haben, und zwar mit einem sehr alten Foto von mir und meiner Puppe.«

»Hallo. Mr Wisper?«, unterbrach ihn der andere Mr Vernon. »Ich bin der Chefkoch hier im Berghotel. Ich habe Sie in die Lobby bestellt. Meine Tochter und ihre Freunde hatten diesen Sommer einige Schwierigkeiten, und wir hoffen, Sie können uns vielleicht ein paar Fragen beantworten.«

Der Bauchredner verdrehte die Augen. »Sir, ich versichere Ihnen, dass ich rein gar nichts für irgendwelche Geheimbotschaften kann, die diese junge Dame in den Werbematerialien für meine Show entschlüsselt haben will. *Magische-Sechs-Pasteten?* Ich weiß nicht einmal, was eine *Magische Sechs* sein soll.«

»*Wir* sind die Magischen Sechs«, sagte Carter mit einem Blick zu seinen Freunden. »Wir können zaubern.« Er schnippte mit den Fingern, und ein Stapel

Spielkarten erschien in seiner anderen Hand, den er auffächerte, um die Farben und Werte zu präsentieren. Leila drückte ihm die Schulter, und er streckte den Rücken durch. »Wir sind zu sechst.« Er schob die Karten wieder zusammen. »Und wir glauben Ihnen kein Wort.« Als er die Karten erneut auffächerte, waren sie schneeweiß.

Wendel Wisper blieb unbeeindruckt. »Keine Ahnung, was ich euch noch sagen soll. Wo ist der Hoteldirektor? Vielleicht kann er Licht ins Dunkel bringen.«

»Es ist bestimmt nicht nötig, Mr Arnold zu behelligen«, erwiderte der andere Mr Vernon rasch. »Wie gesagt, wir wollten Ihnen nur ein paar Fragen stellen.« Er funkelte die Kinder an. »Wenn sich alle ein bisschen beruhigt haben. Sollen wir uns setzen?« Damit scheuchte er die letzten Überreste der neugierigen Gästemenge davon.

Der Bauchredner verdrehte nochmals die Augen, positionierte seine Puppe auf einem kleinen Sofa und nahm stöhnend neben ihr Platz. »Würde mir bitte jemand verraten, worum es überhaupt geht?«

Leila fing an: »Dieses Frühjahr haben meine Freunde und ich einen Mann namens B. B. Bosso daran gehindert, während einer Zaubershow im Berghotel einen riesigen Diamanten zu stehlen.« Theo hatte mit einem ertappten Flackern in Wendel Wispers Augen gerechnet, aber der Bauchredner starrte die Kinder nur weiter wütend an. »Bosso hat versucht, den Diebstahl meinem anderen Vater in die Schuhe zu schieben, der einen Zauberladen hier in der Stadt betreibt. Die beiden kannten sich von früher, sie waren zusammen in einem Zauberclub, genau wie wir jetzt. Ihrer hieß Smaragd-Ring.«

»Aber das wissen Sie ja längst«, warf Ridley ein.

»Ach, tue ich das?«, schoss Wendel Wisper zurück. »Das wäre mir neu.«

»Vor ein paar Wochen ist noch ein ehemaliges Mitglied des Smaragd-Rings in Mineral Wells aufgetaucht«, fuhr Leila fort. »Sandra Santos, auch bekannt als die Hellseherin Madame Esmeralda. Sie ist im Berghotel aufgetreten und anschließend mit ihrer Bande in den Zauberladen eingebrochen, um an ein wichtiges Notizbuch zu gelangen.«

»Langsam erkenne ich ein Muster«, meinte Wendel Wisper, allerdings eher gelangweilt als gespannt. »Aber ich verspreche euch, dass ich nichts mit diesem Zauberladen zu tun habe, von dem du ständig redest. Genauso wenig wie mit irgendeinem alten Zauberclub. Ich bin nicht einmal Zauberer, sondern Bauchredner!«

»Da wäre nur ein Problem«, schaltete Carter sich ein. »Wir *wissen*, dass Sie zum Smaragd-Ring gehört haben. Sie haben selbst zugegeben, dass Sie schon einmal in Mineral Wells waren, vor langer, langer Zeit. Und wir haben ein Foto von Ihnen mit den anderen Mitgliedern.« Er öffnete seine Umhängetasche und zog das gerahmte Bild hervor. »Sie haben sogar noch dieselbe Puppe!«

»Erwischt!«, knurrte Ridley.

»Ich habe Darling vor Ewigkeiten aus einem Katalog bestellt«, protestierte Wendel Wisper. »Wie viele hundert angehende Bauchredner rund um den Globus. Das Modell ist nicht gerade selten. Der Junge auf eurem Foto hat seine Puppe bestimmt von derselben Firma.«

»Aber er sieht genauso aus wie Sie«, sagte Theo.

Der Mann schnaubte. »Und jeder gute Zauberer sollte wissen, dass der Schein trügen kann. Was schätzt ihr, wie viele Menschen in diesem Land wohl eine ähnliche Frisur und Brille wie dieser Junge haben? Tausende?«

»Nur sind *Sie* der Einzige, der hier aufgekreuzt ist«, rief Ridley. »In Mineral Wells. Mit derselben Puppe. Ziemlicher Zufall, oder?«

Der Bauchredner seufzte. »Schon, das gebe ich zu. Aber ich bin *eingeladen* worden! Anstatt mich zu verdächtigen, solltet ihr vielleicht herausfinden, wer im Berghotel die Künstler bucht.«

Der andere Mr Vernon blinzelte. »Gutes Argument.«

»Außerdem kann ich eindeutig beweisen, dass ich nicht der Junge auf dem Foto bin.« Wendel Wisper nahm die Brille ab und beugte sich vor. »Schaut mir in die Augen.«

»Nicht!« Olly sprang dazwischen.

Wendel Wisper kippte beinahe vom Sofa. »Ich bin doch kein Hypnotiseur oder so was! Ich wollte euch lediglich meine Augenfarbe zeigen.«

»Blau«, sagte Ridley. »Na und?«

»Hellblau, um genau zu sein.« Er gestikulierte wild in Richtung Foto. »Der Junge da hat braune Augen!«

Die Kinder verstummten. »Er hat recht«, meinte Leila schließlich. »Die Augen sind viel dunkler.«

Ridley schüttelte den Kopf. »Das kann nicht sein. Wir wissen, dass Sie es sind!«

»Habt ihr noch irgendeinen anderen Beweis?« Wendel Wisper stand auf. Die Magischen Sechs schwiegen. Der andere Mr Vernon wand sich vor Verlegenheit.

»Die gruseligen Puppen, die Sie überall in der Stadt verteilt haben«, stieß Ridley hervor. »Und mit denen quasi jeder rumläuft.« Sie griff in die Tasche an der Rückenlehne ihres Rollstuhls und holte ein Darling-Daniel-Exemplar heraus.

»Das war eine Werbeaktion des Hotels, damit hatte ich nichts zu tun«, verteidigte sich der Bauchredner. »Ebenso wenig wie mit den Plakaten. Ehrlich, ich habe noch nie Kinder mit einer so blühenden Fantasie getroffen!«

Ridley öffnete ein Geheimfach in ihrer Armlehne, in dem sich ein langer Schraubenzieher verbarg. »Wenn es bloß eine Werbeaktion war, warum habe ich dann das hier im Inneren gefunden?« Sie hob den Schraubenzieher und ließ ihn wieder nach unten sausen, direkt in den Kopf der Puppe. Das Gesicht brach auf, und ein kleines elektronisches Gerät mit einem blinkenden Licht an der Seite fiel ihr in den Schoß.

»Was ist das denn?« Wendel Wispers Wangen wurden blass.

»Eine Wanze«, sagte Carter grimmig.

Ridley funkelte den Bauchredner triumphierend an. »Tun Sie nicht so, Mr Wisper.« Sie hielt die Wanze hoch, die immer noch über einen Draht mit dem Hals der

Puppe verbunden war, und packte die Schnur auf dem Rücken. Während das blecherne *Wer spricht denn da?* erklang, blinkte das Licht schneller, als würde das Ziehen der Schnur die Batterie der Wanze aufladen. »Sie haben diese Puppen benutzt, um sich an uns ranzuwanzen. Um uns zu belauschen. Uns – und *die ganze Stadt!*«

ACHTZEHN

»Geben Sie es zu«, fuhr Ridley fort. »Sie stehen auf Kalagans Gehaltsliste!«

»Kalagan?«, wiederholte Wendel Wisper. »Und wer oder was soll das sein?«

Carter deutete auf die düstere Gestalt ganz am Rand des Smaragd-Ring-Fotos. »Das da ist Kalagan. Nur ist er inzwischen erwachsen. B. B. Bosso und Sandra Santos haben für ihn gearbeitet.«

»Er ist ein Hypnotiseur, der Menschen zu seinem eigenen Vorteil manipuliert«, ergänzte Leila.

»Er ist ein Betrüger«, sagte Ridley. »Schlicht und einfach.«

»Ein *gefährlicher* Betrüger«, fügte Theo hinzu.

Olly und Izzy hoben die Fäuste und schwangen sie wie Boxer kurz vor einem Kampf. »Wir mussten seine Schläger verjagen, als sie uns im Zauberladen angegriffen haben.«

Ein seltsamer Ausdruck trat in Wendel Wispers Augen. »Ihr macht keine Witze«, sagte er, fast wie zu sich selbst, nahm die Wanze aus der zerstörten Puppe in die Hand und untersuchte sie genau. Mit einem Ruck trennte er sie vom Draht. Das Licht erlosch. »Ich will nicht, dass mir jemand ohne meine Erlaubnis zuhört.« Er schaute sich um, als würde Kalagan irgendwo in der Lobby lauern und sie beobachten – eine keineswegs unbegründete Angst, dachte Theo. »Und überhaupt … die Sache ist mir ganz und gar nicht geheuer.« Prompt packte er seine Puppe, warf sie sich über die Schulter und wandte sich an den anderen Mr Vernon. »Bitte entschuldigen Sie mich. Ich kann hier nicht länger bleiben.«

»Wie meinen Sie das?«, fragte der. »Haben Sie nicht heute Abend einen Auftritt?«

»Nicht nach allem, was Sie mir gerade verraten haben.« Der Mann fröstelte. »Vielleicht halten Sie mich für melodramatisch, aber ich werde mich nicht als Bauer in einem Schachspiel benutzen lassen. Irgendwer in diesem Hotel will mir etwas anhängen.« Er drehte sich auf dem Absatz um und marschierte zum Aufzug. Die Magischen Sechs beobachteten schweigend, wie die Türen hinter ihm und seiner Puppe mit den leeren Glasaugen zuglitten.

»Und was machen wir jetzt?«, fragte Carter.

Leila tippte sich ans Kinn. »Das klang so, als wäre jemand aus dem Berghotel verantwortlich. Wer auch immer diese Plakate aufgehängt hat, könnte das Anagramm eingebaut haben. Und die Darling-Daniel-Puppen waren auch eine Werbeaktion des Hotels. Wir müssen den Rest einsammeln, um die Leute hier zu beschützen.« Sie deutete auf die Hotelgäste. »Die Mineral Wells Gazette geht den Informationen aus unserem Brief bestimmt erst in …«

»Niemand macht hier irgendwas«, unterbrach der andere Mr Vernon sie. »Zumindest nicht, bevor ich mit Mr Arnold gesprochen habe. Er wird wissen, wer an der Produktion der Plakate und der Puppen beteiligt war.«

»Ist das nicht gefährlich?« Leila griff nach der Hand ihres Vaters. »Was, wenn Mr Arnold hinter allem steckt?«

Der andere Mr Vernon schwenkte finster grinsend das bemehlte Nudelholz. »Ich bin vorbereitet.« Damit erklomm er die Treppe vor dem Büro des Hoteldirektors, je zwei Stufen auf einmal.

Theo stand auf und tigerte hin und her. »Wenn wir Mr Vernons Rat befolgt und *alle* Möglichkeiten in Betracht gezogen hätten, wären wir jetzt nicht in dieser Situation. Ich habe von Anfang an gesagt, dass Wendel Wisper genauso gut *kein* Mitglied des Smaragd-Rings sein könnte, erinnert ihr euch?«

Einen Moment lang schwiegen alle.

Dann meinte Leila: »Lasst uns nicht mehr streiten.«

»Wie baut man sich ein Hintertürchen?«, fragte Carter. »Wir könnten definitiv eins gebrauchen.«

Ridley rollte ein Stück vor. »Ich würde sagen, wir schreiben alles auf. *Alle* Beteiligten. *Alle* Fluchtwege. *Alles,* was passieren könnte. *Alles,* was wir nicht erwarten.«

»Aber wie soll man das Unerwartete erwarten?«, wandte Carter ein.

»Schon mal überlegt, dein Hirn zu benutzen?«, schoss Ridley zurück.

»Das war nicht nett, Ridley«, schalt Leila sie.

»Wir haben keine Zeit für Nettigkeiten! Irgendwas Böses kommt auf uns zu, und es wird keine Pause einlegen, bis wir uns vertragen. Wir müssen nachdenken. Wir müssen kämpfen!«

»Aber nicht gegeneinander«, erklärte Leila.

»Schön!« Carter streckte die Hand nach Ridleys Stift und Notizbuch aus. »Benutzen wir dein Hirn.«

»Nicht nur meins.« Allmählich schien Ridley zu begreifen, dass sie zu weit gegangen war. »All unsere Hirne!«

»Also, ich wollte Izzys Hirn benutzen«, meinte Olly.

Seine Schwester erwiderte natürlich prompt: »Und ich wollte …«

Theo hörte ihnen nicht mehr zu. Erstens hatte er das Streiten satt, und zweitens hatte etwas auf dem Boden neben Ridleys Rollstuhlreifen seine Aufmerksamkeit erregt. Es war aus dem kaputten Puppenkopf gefallen, ein Stück Metall, das ihm irgendwie vertraut vorkam.

Er bückte sich und versteckte es in seiner Hand, so wie Carter es ihm gezeigt hatte. Und ihm schnürte sich die Kehle zu.

Er wusste nämlich, dass sein Fund genau die Antwort war, die die Magischen Sechs suchten. Der Hinweis, der die Fäden entwirren, das Rätsel lösen würde.

Aber er brachte es nicht über sich, es ihnen zu verraten.

NEUNZEHN

Theo erzählte seinen Freunden, dass er nach Hause müsse.

Kaum draußen, fing er an zu rennen, sprintete die gewundene Straße hinunter nach Mineral Wells, schneller als je zuvor. Eine Hand hielt er fest gegen die Frackjacke gepresst, in deren Tasche das Metallteil steckte.

Wenn schon der Bauchredner so besorgt war, dass er seine Sachen packte und verschwand, was bedeutete das dann für die Magischen Sechs? Eigentlich sollte Mineral Wells ihre Zuflucht sein, ihr sicherer Hafen, ihr Zuhause. Jetzt verwandelte es sich in ein verrücktes Rummellabyrinth.

Direkt vor dem Musikladen kam Theo schlitternd zum Stehen und rang nach Atem. Als die Tür plötzlich aufgerissen wurde, entfuhr ihm ein Schrei, und er wäre fast vom Bürgersteig gestolpert. Emily lief mit besorgter Miene auf ihn zu. »Theo? Alles in Ordnung? Warum schwitzt du so? Bist du hergerannt oder was?«

»Darf ich reinkommen? Ich muss dir etwas zeigen.«

Emily trat beiseite und nickte in Richtung der Hocker an der Ladentheke. Dann brachte sie Theo ein Glas Limonade, das er dankbar leerte. Die warme Nachmittagssonne fiel durch die Schaufenster. Trotz seiner Angst vor dem, was gleich passieren würde, hatte es etwas Magisches, mit Emily an diesem wundervollen Ort zu sein.

(Da muss ich kurz einhaken – *magisch* hat hier nichts mit den Tricks unserer Nachwuchszauberer zu tun. Das Wort kann auch ein Gefühl beschreiben, das vielleicht mit einem Ort zusammenhängt, einem besonderen Gegenstand oder einer Erinnerung, sei sie gut oder schlecht. In diesem Fall betraf es eine Person. Wenn du es nicht ohnehin selbst schon einmal gefühlt hast, kommt das bestimmt bald.)

»Wo ist dein Vater?«, fragte Theo, nachdem er ein wenig verschnauft hatte.

»Besorgungen machen. In ein paar Minuten müsste er zurück sein.«

Sie verstummten wieder. Nur die Metronome durchbrachen die Stille.

Tick, tack, tick, tack, tick, tack.

Theo wollte die Geräte anschreien, dass sie ihn nicht so hetzen sollten. Er wollte diesen friedlichen Moment noch ein paar Sekunden auskosten.

»Geht es um diesen Bauchredner? Habt ihr rausgefunden, was er in Mineral Wells treibt?«

Theo holte tief Luft, ehe er das Metallteil zwischen sie auf die Theke legte. »Hast du so was schon einmal gesehen?« Das Ding glich einem Zahnrad, das an einer Feder befestigt war.

Emily erstarrte. »Woher hast du das?«

Als er ihr von den Ereignissen des Vormittags berichtet hatte, schwieg sie lange. »Und was hat es jetzt mit diesem Stück Metall auf sich?«

»Ich habe so etwas erst ein einziges Mal gesehen … und zwar in der Werkstatt deines Vaters. Während wir uns neulich unterhalten haben, hat er ein Metronom gebaut. Und dabei so ein Ding verwendet.«

»Ist das nicht eine ganz gewöhnliche Befestigung für bewegliche Teile? Wie für Puppenköpfe, die sich drehen?«

»*So* gewöhnlich nun auch wieder nicht.«

Emily biss sich auf die Lippe. »Und?«

Theo versuchte zu schlucken, doch selbst nach der Limonade war seine Kehle wie ausgetrocknet. Wie sollte er seinen Verdacht formulieren, ohne ihre Gefühle zu verletzen? »Ich habe überlegt, ob ... dein Vater vielleicht weiß, was es in einer Darling-Daniel-Puppe zu suchen hatte.«

Sie runzelte die Stirn, bevor sie in Richtung Tür nickte. »Na, zum Glück kannst du ihn das gleich selbst fragen.«

Mick Meridian kam herein und kämpfte mit einer Tasche voll Obst und Gemüse. Theo sprang auf und eilte ihm zu Hilfe. »Wie schön, dich zu sehen, mein Freund. Danke!« Heute trug der Mann eine Brille. Eine mit großen, runden Gläsern.

»Gern geschehen«, flüsterte Theo, als er die braunen Augen dahinter bemerkte.

Braun.

Nicht blau, wie die von Wendel Wisper.

Braun.

Du Schlaufuchs hast längst durchschaut, was hier los ist, oder? Und du bist wahrscheinlich ziemlich entsetzt. Aber ich versichere dir: Was auch immer du gerade empfindest, es reicht ganz bestimmt nicht an die überwältigende Traurigkeit und Verwirrung und Wut heran, die unser junger musikalischer Freund verspürte.

»Sie sind es wirklich«, sagte Theo scharf und wich einen Schritt zurück.

»Ich bin was?«, fragte Mick Meridian mit ausdrucksloser Miene.

»Sie sind der Junge von Mr Vernons Foto. Der mit der Puppe, die aussieht wie Darling Daniel.« Die Worte sprudelten nur so aus Theo heraus, obwohl er genau wusste, dass sie ihn in Gefahr brachten. »Sie waren im Smaragd-Ring. Stecken Sie hinter alldem?«

Ein Schatten huschte über das Gesicht des Mannes. Er warf seiner Tochter einen Blick zu und nickte in Richtung Vordertür. Regungslos stand Emily auf, durchquerte den Laden und verriegelte sie, sodass sie alle eingesperrt waren. Mick Meridian hatte den Kopf gewandt, um ihr zuzusehen, was die hervortretende rosafarbene Haut an seinem Nacken freilegte, die Narbe, die Theo neulich schon aufgefallen war.

»Setz dich, mein Junge«, sagte er überraschend sanft. »Wir müssen reden.«

Theo versuchte, nicht in Panik zu geraten. »Ich sollte jetzt los. Meine Eltern …«

»Warten auf dich, bis du nach Hause kommst.«

Emily starrte auf ihre Schuhe. »Schon okay, Theo. Wir tun dir nichts.«

Theo ließ sich auf einen Hocker fallen und wartete, bis Emily den Blick wieder hob. »Das verstehe ich nicht. Du hast *gewusst,* dass dein Vater für Kalagan arbeitet?«

Sie klappte den Mund auf, brachte aber keinen Ton heraus.

»Für Kalagan?«, wiederholte Mick Meridian. »Nein, Theo, da liegst du völlig falsch. Aber … das ist meine Schuld.« Der Schatten auf seinem Gesicht war verschwunden. »Um deine Frage zu beantworten: Ja. Ich bin der Junge von Dante Vernons Foto. Ich war eng mit ihm und Lyle und Sandra und Bobby befreundet. Sogar mit Kalagan. Aber ich arbeite nicht für ihn und werde es auch nie tun.«

Theo wollte etwas sagen, aber seine Stimme brach.

»Kein Wunder, dass du verwirrt bist«, fuhr Mick Meridian fort. »Aber lass es mich erklären. Du weißt, dass ich Handwerker bin. Ich baue Sachen.«

Theo schluckte und nickte.

»Ich nutze meine Fähigkeiten, um feingliedrige Instrumente zu erschaffen. Meine geliebten Metronome hast du ja schon gesehen. Aber was du noch nicht weißt – was niemand außer Emily weiß –, ist, dass auch die Puppen für die Show des Bauchredners von mir sind.«

Die Frage, die sich die Magischen Sechs am Vormittag gestellt hatten, schoss Theo wieder durch den Kopf. »Und wer hat Sie beauftragt?«

»Chauncey Arnold, der Hoteldirektor. Wir kennen uns seit Jahren. Er hat mich gebeten, eine Puppe zu entwerfen, in die man einen Sprachmechanismus einsetzen kann. Und dann hat er sie überall in der Stadt verteilen lassen, als geheimnisvollen Werbegag. Um die Leute zum Reden zu bringen.« Theo verbarg seine Verletztheit nicht, als er Emily anschaute. »Sei nicht böse auf meine Tochter. Ich habe sie gebeten, nichts zu sagen, solange die Show läuft.«

»Das ist jetzt nicht mehr nötig, Pa«, erwiderte Emily. »Wendel Wisper verlässt Mineral Wells. Theo und seine Freunde haben etwas in deinen Puppen gefunden. Etwas, von dem ich schwören würde, dass du nichts damit zu tun hast.«

»Wanzen«, fügte Theo hinzu.

»Das ist … seltsam.« Mick Meridian wirkte verdutzt. »Ja, der Sprachmechanismus sollte um eine Zugschnur ergänzt werden, aber wofür die Wanzen?«

»Um Leute zu belauschen«, erklärte Emily.

Theo presste die Hände auf die Theke. »Leute wie mich und Leila und Carter und Ridley. Und die Zwillinge.«

»Kalagan?«, flüsterte Mick Meridian.

»Er ist anscheinend hier in Mineral Wells. Genau wie du befürchtet hast. Und er will ihnen schaden.« Emily erzählte ihrem Vater alles, was Theo ihr anvertraut hatte, auch vom Anagramm auf dem Plakat, der Geheimbotschaft, die den Magischen Sechs Angst einjagen sollte.

Anschließend erinnerte Theo Mick Meridian an die Stimmen, die seine Freunde und er gehört hatten. Stimmen, die zwischen ihnen Zwietracht säen und Spannungen schüren sollten. Die sie wütend aufeinander machen und spalten sollten.

Der Mann drückte Theo die Schulter. »Das tut mir furchtbar leid!«

»Es ist ja nicht Ihre Schuld«, tröstete Theo ihn. »Sie wussten nichts von den Wanzen.«

Mick Meridian schüttelte den Kopf. »Nein, aber … nicht Kalagan wollte die Magischen Sechs spalten. Sondern ich.«

Emily räusperte sich. Als Theo sich zu ihr drehte, glänzten Tränen in ihren Augen. »Und ich habe ihm geholfen.«

»Geholfen? Wie?«

»Mit Bauchreden«, flüsterte Emily.

Der Raum schien zu schwanken. Es fühlte sich an, als würde Theos Hocker in die Luft steigen, und er hielt sich an der Ladentheke fest, um nicht hintenüberzukippen. »Soll das heißen …«

»Die Stimmen. Als ihr Wendel Wisper beim Proben beobachtet habt – da habe ich euch imitiert.«

»Sie hatte einen guten Lehrer«, sagte Mick Meridian traurig.

»Es tut mir schrecklich leid, Theo. Deshalb hast du mich auf dem Rückweg vom Hotel getroffen. Ich bin nicht aus der Stadt gekommen, sondern nach der Probe des Bauchredners nach Hause gelaufen.«

»Ich habe sie darum gebeten«, warf ihr Vater ein. »Sei auf mich sauer, nicht auf sie.«

Aber sie hat eingewilligt, dachte Theo. *Sie hätte Nein sagen können!*

»Und auf dem Heißluftballonfestival noch einmal«, fuhr Emily fort. »Um Streit zwischen Carter und Ridley anzuzetteln.« Sie verzog den Mund und gab Theo eine Kostprobe: »*Hör auf rumzujammern.*«

Sie klang genau wie Carter. Und sie hatte es geschafft, seine Stimme scheinbar aus der Richtung ihres Vaters kommen zu lassen.

»Aber warum?«, stieß Theo hervor. »Warum wollten Sie Streit anzetteln? Unsere Gruppe spalten?«

Mick Meridian straffte die Schultern und schaute Theo direkt in die Augen. »Es ist dir vielleicht nicht aufgefallen, aber im Verlauf der letzten paar Monate habt ihr Kinder ziemlich viel Aufmerksamkeit auf euch gelenkt. Ihr habt den Diebstahl dieses Diamanten verhindert. Bossos Plan vereitelt. Sandras Komplott aufgedeckt. Ich fürchte, ihr habt Kalagans Interesse geweckt, und er ist ganz und gar nicht erfreut.«

»Stimmt«, murmelte Theo. »Das Plakat ist der Beweis.«

»So ist es. Indem ihr seinen Handlangern in die Quere gekommen seid, habt ihr euch selbst zur Zielscheibe gemacht. Und eure Freundschaft zu beenden, erschien uns die beste Methode, um das zu ändern.«

Emily räusperte sich erneut. »Wir mussten Konflikte schüren. Euch gegeneinander aufhetzen. Das war nicht schwer. Irgendwann hätte sich euer Club aufgelöst und wäre Kalagan damit kein Stachel mehr im Fleisch gewesen.«

Die ganze Situation stürzte jäh auf Theo ein, und er sackte in sich zusammen. Dieses Mädchen, seine neue

Freundin, sein erster Schwarm, hatte ihn angelogen, und zwar von Anfang an.

Er musterte Mick Meridian. »Warten Sie mal … Warum sollte ich Ihnen glauben? Kalagan will die Magischen Sechs ebenfalls auseinanderbringen. Sie könnten trotzdem für ihn arbeiten.«

Der Mann schüttelte unglücklich den Kopf. »Ich habe es dir doch schon gesagt: Ich will nichts mit Kalagan zu tun haben. Genauso wenig wie mit Bosso. Oder Sandra. Oder dem armen Dante. Nach allem, was wir als Kinder durchmachen mussten, habe ich der Magie abgeschworen.« Er hielt inne, als würde er abwägen, wie viel er preisgeben sollte. »Nicht, dass ich mich nicht gern an unseren Zauberclub erinnere. Aber wie ich gesehen habe, wofür Kalagan die Magie benutzt hat, als er und Dante aneinandergeraten sind, da musste ich mich von meinen alten Freunden distanzieren.« Er berührte seinen Nacken, und Theo fiel die Narbe wieder ein.

»Was ist passiert?«, bohrte er nach. »Was hat Kalagan Mr Vernon angetan? Hängt es mit dem Feuer im Berghotel zusammen? Das den verlassenen Flügel zerstört hat?«

Mick Meridian schloss kurz die Augen. Theo hatte ins Schwarze getroffen.

»Ganz so einfach ist es nicht«, erklärte Emilys Vater. »Aber es ist nicht meine Geschichte, also steht es mir wohl nicht zu, sie zu erzählen. Emily und ich wollten dich jedenfalls nur beschützen. Euch alle.«

Emily schniefte. »Und wir verraten es dir jetzt, damit du die Magischen Sechs endgültig auseinanderbringst. Wenn Pa und ich es schon geschafft haben, eure Freundschaft zu erschüttern, was wäre dann erst los, wenn Kalagan euren Club unterwandert?«

»Wir wissen, dass seine Gefolgschaft gewachsen ist«, fuhr Mick Meridian fort. »Einigen seiner Helfershelfer seid ihr schon begegnet. Und wenn es stimmt, dass er tatsächlich selbst in Mineral Wells ist ... bitte, Theo, denk darüber nach.«

»Ich glaube, ich kann mir das nicht länger anhören.« Theo stand auf und wankte zur Tür.

»Du musst dich nicht sofort entscheiden«, rief Emily ihm betrübt nach. »Aber hoffentlich erkennst du irgendwann, dass wir recht haben.«

* * *

Als Theo vom Musikladen nach Hause stolperte, wünschte er halb, Emily würde ihm nachlaufen und mit tränenüberströmtem Gesicht flehen: *Verzeih mir, Theo!* Doch immer, wenn er sich umdrehte, war der Bürgersteig leer und er allein.

An der Haustür wurde er von seinen Geschwistern begrüßt, die zur nächsten Wanderung aufbrachen. »Komm doch mit«, schlug Leo vor. »Wir veranstalten eine kleine Jamsession im Wald.«

Wie konnte Theo da Nein sagen? Gerade wollte er sich einfach nur in der Musik verlieren.

Als sie die andere Seite des Sees erreichten, erwähnte Fiona plötzlich: »Ach, übrigens, wir haben uns für diese Talentshow morgen angemeldet. Du machst doch mit, oder, Theo?«

Es überraschte ihn selbst, wie schnell seine Entscheidung fiel. »Ja. Sehr gern.«

ZWANZIG

Der nächste Tag fing schon außergewöhnlich heiß an, und es wurde auch nicht kühler.

Leila öffnete Theo, als er an die Tür des Zauberladens klopfte.

»*Hallöchen*«, krächzte Fidibus von seiner Stange.

Carter winkte Theo zur Begrüßung aus dem hinteren Teil des Ladens zu, wo er Hokuspokus bespaßte, indem er einen kleinen roten Ball verschwinden und wieder auftauchen ließ. Der Affe kreischte und schlug nach seinen Händen.

Theo war zum ersten Mal seit Tagen hier, und statt des üblichen Glücksgefühls empfand er nur kalte Angst.

Die Glocke klingelte, als die Tür erneut aufging und Ridley hereinrollte. Sie entdeckte Theo, und ihre Wangen färbten sich unter den Sommersprossen rosa, aber sie sagte nur: »Die Zwillinge sind auf dem Weg. Alle bereit für heute Abend?«

»Mehr als bereit«, antwortete Carter.

»Ich kann's kaum erwarten!«, rief Leila, fast ein wenig zu begeistert.

Als Hokuspokus Ridley erkannte, zischte er. Sie zischte zurück, und er floh außer Sichtweite. »Wo steckt mein Zylinderchen?«, fragte sie dann.

Leila hob einen Zylinder auf einem Tisch ganz in der Nähe an. Ridleys Haustier hockte darunter und begrüßte sie wie üblich mümmelnd.

In einem plötzlichen Drang, die Wogen zu glätten, richtete Theo seinen Geigenbogen auf das Kaninchen. Zylinder schwebte zu seinem Frauchen hinüber und landete auf ihrem Schoß. Ridley drückte das Tier an sich und meinte leise: »Danke, Theo.«

Irgendwo tickte rhythmisch eine Uhr. *Tick, tack, tick, tack, tick, tack.*

Auf einmal ertönte ein ohrenbetäubendes Scheppern von der Galerie. Alle schrien auf und schauten nach oben. Die Golden-Zwillinge grinsten breit zu ihnen herunter. Izzy hielt zwei riesige Becken in der Hand. »Ich hatte mal wieder Lust auf ein neues Hobby. Ich bin schon ziemlich gut.«

»Ihr habt uns erschreckt!«, schimpfte Ridley.

»Wie seid ihr überhaupt hier reingekommen?«, fragte Leila.

Olly deutete auf die Tür zur Wohnung der Vernons. »Habt ihr nicht die Seitentür für uns aufgelassen?«

Leila biss sich auf die Lippe. »Anscheinend hat Paps vergessen abzuschließen, als er heute Morgen zur Arbeit gefahren ist.«

»Ich mach schon!« Carter griff nach dem Trickschwert in der Theke. »Man kann nie vorsichtig genug sein.«

Wenn du wüsstest, dachte Theo. Olly und Izzy hüpften die Wendeltreppe herunter. Während die anderen über Wendel Wisper und die abgeblasene Show plauderten, wartete Theo geduldig auf Carters Rückkehr.

»Mr Arnold wäre gestern Abend fast geplatzt«, erzählte Olly.

Izzy ergänzte: »Mum und Dad meinten, er müsse allen Leuten die Tickets erstatten.«

»Hoffentlich findet er nicht raus, dass es unsere Schuld war«, sagte Olly. »Sonst lässt er uns noch ohne Steppschuhe steppen.«

»Autsch!« Izzy schnitt eine Grimasse. »Das wäre ja noch schlimmer als das eine Mal, als wir im Gorillakostüm Ballett tanzen mussten.«

»Das … ist nie passiert«, riet Ridley.

»Aber wenn, wäre es großartig gewesen!«

»Es war nicht unsere Schuld, dass Mr Wisper die Stadt verlassen hat«, warf Leila ein. »Irgendwer aus dem Berghotel hat dieses Anagramm auf dem Plakat versteckt, damit wir ihn zur Rede stellen. Und ihm die Wanzen in den Puppenköpfen zeigen. Wir *sollten* rausfinden, dass er es nicht war. Und Angst kriegen.«

Das stimmt nur zur Hälfte, dachte Theo. *Jemand aus dem Berghotel, ja. Aber auch jemand hier aus der Stadt. Mick Meridian. Und Emily.* Was wohl geschehen würde, wenn er diese Gedanken laut ausspräche?

»Entwarnung!«, rief Carter von oben, kam die Wendeltreppe wieder herunter und legte das Schwert behutsam zurück in die Auslage. »Bitte erzähl deinen Vätern nicht, dass ich es rausgenommen habe, ja?«, bat er Leila. Die zog sich die Lippen mit einem unsichtbaren Reißverschluss zu.

Ridley streichelte Zylinder. »Okay. Jetzt, wo wir alle da sind, erkläre ich diese Zauberzusammenkunft der Magischen Sechs für eröffnet.«

Da der Laden geschlossen und fast alle Lichter ausgeschaltet waren, blieben die Kinder in der Nähe des Verkaufstresens. Ihr Geheimquartier hinter dem Bücherregal würde ja nicht weglaufen.

Theo ließ die anderen eine Weile reden, doch als sie die Generalprobe für die Talentshow am Abend ansprachen, stand er auf und hob die Hand. »Dürfte ich etwas sagen?«, fragte er mit wackeliger Stimme.

Den Mienen seiner Freunde nach hätte er auch verkündet haben können, dass er sich langsam in einen Leguan verwandele. (Was ihnen sehr wahrscheinlich lieber gewesen wäre als das, was er tatsächlich zu sagen hatte.) »Ich … ich kann heute Abend nicht mit euch auftreten.«

Grabesstille setzte ein, während alle die Information verdauten. Dann schauten sie Theo an, als hätte er ihnen soeben das große Trickschwert in die Brust gestoßen.

»Was?« Ridley schubste Zylinder förmlich von ihrem Schoß. »*Warum?*«

Theo wollte antworten: *Weil Kalagan uns beobachtet. Er ist sauer, dass wir ständig seine Pläne durchkreuzen, und wenn wir so weitermachen, wird noch einer – oder alle – von uns verletzt.* Und: *Das weiß ich, weil Mick Meridian und Emily es mir gestern erzählt haben. Sie haben den ganzen Streit zwischen uns angezettelt – aber zu unserem Besten.*

Vor allem aber: *Ihr seid meine besten Freunde, und es tut mir leid.*

Stattdessen sagte er: »Meine Geschwister wollen ebenfalls auftreten, und ich soll Geige spielen.«

»Das ist doch lächerlich«, rief Ridley. »Du bist einer von den Magischen Sechs!«

»Darf ich nicht manchmal auch etwas anderes sein?«

Ridley klappte den Mund auf – wahrscheinlich, um Nein zu brüllen –, aber Leila hielt die Hand zwischen Theo und sie. »Warum kannst du nicht einfach beides machen?«

»Ich habe die Regeln gelesen«, antwortete Theo. »Jeder Teilnehmer darf nur einmal auftreten.«

Ridley versuchte es mit einer neuen Taktik. »Aber wir haben dich schon in all unsere Nummern eingebaut.

Selbst wenn du nicht *richtig* auftreten willst, brauchen wir deine Hilfe.«

Das stimmte, aber darum ging es ja gerade, oder? Zu zeigen, dass ihre Gruppe auseinanderbrach. Kalagan zu beweisen, dass er nichts zu befürchten hatte. Dass die Magischen Sechs keine Helden waren, sondern bloß ein paar Freaks.

»Ich versteh dich.« Carter lächelte traurig. »Du willst deine Familie nicht enttäuschen.«

»Es tut mir leid«, erwiderte Theo. »Aber es liegt nicht nur an meiner Familie.« Er musste den Keil noch weiter hineintreiben. Mick Meridian und Emily hatten recht, auf ihre eigene verdrehte Art und Weise. Er musste beenden, was sie angefangen hatten. »Wir haben uns in letzter Zeit so viel gestritten. Ich glaube ... Ich glaube, ich brauche eine Pause.«

»Pausen sind gut«, meinte Izzy. »Wir machen immer Pausen zwischen unseren Auftritten.«

»Ich dachte eher an eine längere Pause«, stellte Theo klar. »Mein Bruder hat mich schon vor einer Weile gewarnt, dass ich die Musik vernachlässige. Inzwischen muss ich ihm zustimmen.«

Niemand sagte etwas. *Tick, tack, tick, tack, tick, tack.*

In Ridleys Augen glänzten Tränen. Da aber gleichzeitig ihre Wangen röter und röter wurden, wusste Theo nicht, ob sie traurig oder wütend war. Die anderen starrten ihn fassungslos an – nur Olly starrte zur Eingangstür.

»Wann ist Mr Vernon zurückgekommen?«

Carter schüttelte den Kopf. »Wir haben nichts von ihm gehört, seit …« Er unterbrach sich, als er die dunkle Gestalt vor dem Laden bemerkte. Sie war groß und wirkte noch größer durch den Zylinder, den sie auf dem Kopf trug. Ein langer schwarzer Umhang wallte von ihren Schultern und flatterte leicht im Wind, wodurch das rote Innenfutter hervorlinste. Eine Rauchwolke umhüllte sie, und die Glut einer Zigarette glomm orangefarben auf.

»Dad?« Leila stürmte zur Tür.

»Halt, Leila!«, zischte Theo. »Seit wann *raucht* Mr Vernon?«

Leila erstarrte, die Hand fast auf dem Türknauf.

»Aber … wer sonst?«, flüsterte Carter.

Die Kinder schwiegen benommen, und ihre persönlichen Probleme wurden plötzlich ganz klein und unbedeutend.

»Wer auch immer es ist, er hat uns belauscht«, sagte Ridley leise. Dann drehte sie sich zu den anderen und schluckte ungläubig. »Meint ihr, es ist vielleicht …«

Da wirbelte der Mann vor der Tür herum und rannte davon. Ein Auto konnte ihm gerade noch ausweichen, als er jäh auf die Straße sprang. Er sprintete über den Marktplatz und verschwand hinter dem Friseurladen.

»Worauf warten wir noch?« Ridley rollte zur Tür und riss sie auf. »Hinterher!«

»Das ist zu gefährlich«, rief Carter. »Wir sollten jemandem Bescheid geben.«

»Er entkommt!« Leila stürmte Ridley nach, die schon draußen auf dem Bürgersteig war.

Theo folgte den beiden und ließ die Zwillinge mit Carter zurück.

Schnell hatte er den Marktplatz überquert. Er überholte Ridley und Leila und sprintete um die Ecke des Friseurladens, bevor er schlitternd zum Stehen kam. Das Herz klopfte ihm bis zum Hals.

Der Mann in Zylinder und Umhang war nur ein paar Meter vor ihm und schien über dem Boden zu schweben. Aber das war nicht das einzig Merkwürdige: Theo konnte seinen Hals nicht erkennen. Und dort, wo die Füße hätten sein sollen, fiel ein länglicher Schatten auf den Blaustein.

Geschlagene fünf Sekunden lang bewegte sich niemand.

»Sie da!«, rief Theo dann und trat vor. Leila war inzwischen hinter ihm angekommen und packte ihn am Arm, aber er ging weiter. »Wer sind Sie?«

Die Gestalt antwortete nicht. Der Saum ihres Umhangs kräuselte sich.

Ridley und Leila beobachteten, wie Theo sich dem schwebenden Mann zitternd näherte. Noch ehe er ihn erreicht hatte, flatterte der Umhang zu Boden. Theo schnappte nach Luft. Der Zylinder thronte auf einem hölzernen Kleiderständer! Da war kein schwebender Mann. Jemand hatte den Kleiderständer hier für sie platziert.

Das Ganze war ein Verschwindetrick gewesen.

Theo wirbelte herum und suchte die Umgebung nach möglichen Beschattern ab. Kalter Rauch stieg ihm in die Nase. Ganz in der Nähe des seltsamen Kleiderständers lag ein ausgetretener Zigarettenstummel. Er hob ihn vorsichtig auf. Kleine Buchstaben auf dem Filter erregten seine Aufmerksamkeit.

Gute Wahl, Theo!

Er unterdrückte ein Keuchen und steckte den Stummel rasch ein. Die anderen durften ihn nicht zu Gesicht bekommen.

Mittlerweile hatten auch Carter und die Zwillinge sie eingeholt.

Leila nahm den Zylinder vom Kleiderständer. »Der gehört meinem Dad!« Sie zeigte den anderen das Schildchen im Inneren. Dann bückte sie sich nach dem Umhang. »Der hier auch.«

»Der Mann muss sie aus der Wohnung geklaut haben«, erwiderte Carter.

»Aber warum?«, fragte Leila.

Theo seufzte. Inzwischen war er sich sicher, dass er die richtige Entscheidung getroffen hatte. »Um uns zu beweisen, dass er dazu in der Lage ist.«

Langsam wanderten die Kinder mit Mr Vernons Sachen zum Zauberladen zurück.

»Es war echt dumm von euch, nicht gleich mitzukommen«, meinte Ridley zu Carter und den Zwillingen. »Wir müssen zusammenbleiben!«

Das Wort *dumm* stieß Theo vor den Kopf wie eine verirrte Aufziehlibelle. »Red nicht so mit ihnen«, hörte er sich sagen. »Nur weil du Angst hast, darfst du noch lange nicht gemein sein.«

Ridleys Gesicht färbte sich dunkelrot. Sie blies die Wangen auf. »Du bist ein … ein Idiot, Theo Stein-Meyer! Und ich bin wirklich kein bisschen traurig, dass du bei den Magischen Sechs aussteigst, sondern heilfroh!«

»Na ja, du warst auch nicht gerade nett in den letzten Wochen, Ridley Larsen. Und ich steige nicht aus.« Theo suchte nach Worten. »Ich trete bloß mit meinen Geschwistern …«

»Wir wissen ganz genau, was du machst.« Ridley drehte sich zu den anderen. »Wir sehen uns heute Abend vor der Show hier.« Und an Theo gewandt: »Ob ich *dich* je wiedersehe, ist mir schnurz.« Damit bretterte sie durch die Tür und verschwand.

Theo seufzte noch einmal. Leila drückte ihm die Schulter. »Das hat sie nicht so gemeint.«

»Doch, ich glaube schon.« Sein Kopf fühlte sich leer an. »So ist es am besten. Bis heute Abend, ich werde die Magischen Sechs anfeuern.«

Er ging und schaute nicht zurück.

Statt nach Hause zu seinen Geschwistern zu laufen, steuerte er auf den Musikladen zu. Je näher er kam, desto wütender wurde er. Als er die Eingangstür erreichte, zitterten seine Hände.

Drinnen traf er Emily. »Das war nicht in Ordnung!« Er musste sich zwingen, leise zu sprechen.

Emily schüttelte den Kopf. »Keine Ahnung, was du meinst.« Theo streckte ihr den Zigarettenstummel hin. Sie runzelte die Stirn. »Was soll das sein?«

»Eine Botschaft von deinem Vater«, antwortete Theo so ruhig wie möglich.

Ihre blauen Augen schienen blasser zu werden, als sie die aufgedruckten Worte las. *Gute Wahl, Theo!* »Mein Vater raucht nicht.«

»Darum geht es nicht. Er wollte mich wissen lassen, dass er zufrieden ist, weil ich heute Abend nicht mit den Magischen Sechs auftrete.« Er berichtete von der Gestalt vor dem Zauberladen. Und der Verfolgungsjagd. Und dem Kleiderständer auf dem Bürgersteig. »Er hat uns belauscht.«

»Mein Vater war den ganzen Vormittag im Büro!«

Theo dachte daran zurück, wie er Emily kennengelernt hatte, wie er sich ihr von Anfang an verbunden gefühlt hatte wie durch einen unsichtbaren Faden. Er dachte an ihren gemeinsamen Rückweg vom Berghotel in die Stadt. An seine Träume, in denen er mit ihr hoch über Mineral Wells geflogen war. »Warum sollte ich dir glauben?«

Emily funkelte ihn an. »Er ist da. Frag ihn selbst.«

»Und warum sollte ich ihm glauben?«

Sie seufzte. »Hör mal, Theo, ich weiß, dass wir dich getäuscht haben.«

»Das ist nur ein hübscheres Wort für lügen.«

»Nenn es, wie du willst. Aber ich habe meinem Vater geholfen, weil es *das Richtige* war. Um euch zu beschützen. Um die Stadt zu beschützen. Die Entscheidung war nicht leicht, weil … weil ich dich mag, Theo. Wirklich. Und ich wollte dich nicht verletzen. Genauso wenig wie deine Freunde. Hoffentlich könnt ihr mir eines Tages verzeihen.«

»Ich habe es den anderen nicht erzählt. Sie wissen gar nicht, dass es etwas zu verzeihen gibt.«

Emily deutete mit dem Kopf auf den Zigarettenstummel in seiner Hand. »Egal, von wem diese Botschaft stammt, sie stimmt. Du hast eine gute Wahl getroffen. Jetzt sieht Kalagan euch sicher nicht mehr als Bedrohung an. Und lässt euch in Ruhe.«

»Ich hoffe, du hast recht«, sagte Theo leise. »Für uns alle.«

EINUND-ZWANZIG

Um sieben Uhr verließ Theo zusammen mit seinen Geschwistern das Haus. Mit ihren Instrumenten machten sie sich auf den Weg zum Marktplatz, wo sich bereits jede Menge Zuschauer für die Talentshow versammelt hatten.

Picknickdecken verwandelten die Wiese in eine Patchworkarbeit. Ein paar Leute hatten sogar Campingstühle dabei. Die Luft vibrierte geradezu. Die Stadtbewohner reichten die Teilnehmerlisten herum und schlossen Wetten darauf ab, wer den Sieg davontragen würde. Die Magischen Sechs waren in aller Munde, und es versetzte Theo einen Stich, dass er heute Abend nicht zu ihnen gehören würde. Er schaute zum Zauberladen hinüber. Hinter einem der Schaufenster zupften seine Freunde einander die Kostüme zurecht und bereiteten sich auf ihren Auftritt vor.

Er kaute auf seiner Lippe herum. *Reiß dich zusammen, Theo!*, schalt er sich selbst. Es war schließlich nicht für immer. Nur bis Kalagan gefasst war und Mineral Wells nicht mehr heimsuchen konnte. Aber wie sollten sie ihn fassen, wenn sie nicht zusammenarbeiten durften?

Das alles kam ihm vor wie ein Rätsel ohne Lösung.

Leo winkte ihn zur Rückseite des Pavillons, wo die Teilnehmerliste aushing. »Wir sind als Erste dran. Bist du so weit, Brüderchen?« Theo biss die Zähne zusammen und nickte. Wenn er etwas sagen würde, bliebe ihm bestimmt die Stimme weg und er müsste die Tränen zurückhalten. Er umklammerte den Griff seines Geigenkoffers und tastete nach dem zusammengeklappten Bogen in seiner Hosentasche – dem magischen Bogen, der Dinge zum Schweben und Leute zum Lächeln und Japsen und Klatschen bringen konnte. Aber den hatte er zu

Hause gelassen. Heute Abend würde er nur den geigenden Bogen brauchen.

Ein paar Minuten später trat die Bürgermeisterin Mrs McFadden in einem schicken blau karierten Hosenanzug ans Mikrofon. »Hallo, Mineral Wells! Willkommen zur dreiunddreißigsten Ausgabe unseres alljährlichen Talentwettbewerbs!« Die Menge jubelte und applaudierte, stolz auf ihre kleine Stadt. »Die diesjährigen Nummern sind wieder einmal absolut umwerfend! Also setzen Sie sich, lehnen Sie sich zurück und begrüßen Sie mit einem donnernden Applaus unsere ersten Teilnehmer …« Sie verlagerte das Gewicht von einem Fuß auf den anderen und warf einen Blick auf den Zettel in ihrer Hand. »Die Stein-Meyer-Familienband!«

Fiona stand in der Mitte des Pavillons, während ihre Geschwister sich im Halbkreis um sie herum positionierten. Sie bedeutete Theo, ein A zu spielen. Die anderen stimmten ihre Instrumente. Die Menge verstummte. Allmählich ging die Sonne unter, und die Straßenlaternen schalteten sich ein.

Theo schaute noch einmal zum Zauberladen hinüber, doch der war inzwischen dunkel. *So ist es für alle am besten,* redete er sich ein, während er Fiona lauschte und sich bereit machte. Er führte den Bogen an die Saiten, brachte sie zum Summen und Singen, die Luft zum Vibrieren und Tanzen. Seine übrigen Geschwister setzten ein, und bald schon klatschte das Publikum im Takt, wie das Metronom, das Mick Meridian ihm geschenkt hatte.

Als die Stein-Meyers zu Ende gespielt hatten, spendeten die Zuschauer großzügig Beifall. So großzügig, dass

Theo sich fragte, ob seine Geschwister und er sich vielleicht schon den Sieg gesichert hatten. Aufgeregt verließen sie die Bühne und machten es sich auf der großen Decke bequem, die ihre Eltern in der Mitte der Wiese ausgebreitet hatten.

Die anderen Teilnehmer waren gut, aber nicht so gut wie sie, das flüsterten Theo die Leute ringsum jedenfalls immer wieder zu. Er registrierte die vielen Darling-Daniel-Puppen in der Menge. Noch wusste niemand, dass darin Wanzen steckten, die alle Gespräche belauschten. Was würde passieren, wenn die Mineral Wells Gazette die Wahrheit abdruckte?

Schließlich kündigte die Bürgermeisterin die Nummer an, die Theo mit Bauchgrummeln erwartet hatte. »Jetzt dürfen wir unsere ganz eigenen Helden auf der Bühne begrüßen, die Magischen Sechs! Wovor sie uns wohl heute Abend retten werden?« Sie kicherte.

Das Publikum lachte und klatschte laut, als die fünf Kinder die Bühne betraten. Theo, die fehlende Nummer sechs, schrumpfte in sich zusammen und hoffte, dass niemand ihn hier mit seiner Familie bemerken würde.

Seine Freunde hatten sich schick gemacht. Carter trug einen schwarzen Frack und einen schimmernden Zylinder, Leila eine funkelnde Hose und eine offene Zwangsjacke. Ridley glänzte in einem smaragdgrünen Kleid mit schillernden Fransen, und die Zwillinge trumpften mit zusammenpassenden kurzen Karoanzügen, Strohhüten, ledernen Steppschuhen und Kniestrümpfen auf. Noch beeindruckender waren allerdings die tierischen Assistenten. Zylinder saß auf Ridleys Schoß und trug einen echten kleinen Zylinder, der mit einem Gummiband an seinem Kopf befestigt war. Fidibus hockte auf Leilas Schulter und hatte eine Kette mit einem glitzernden Anhänger um den gefiederten Hals, der wie eine Kopie des Sterns von Afrika aussah, des Diamanten, den Bosso hatte stehlen wollen. Und Hokuspokus, dessen Leine Carter hielt, wartete mit einer knallroten Fliege auf, die an seinem Geschirr hing.

Ridley nahm der Bürgermeisterin das Mikrofon ab und winkte der Menge zu. »Wir sind so froh, dass wir heute Abend hier sein dürfen«, rief sie. »Und wir wollen noch viele, viele Jahre für die Bewohner von Mineral Wells auftreten!«

Theo bekam eine Gänsehaut. Er war sich nicht sicher, ob diese Aussage speziell ihm gegolten hatte … oder Kalagan. Er schaute sich nach dem Hypnotiseur um, der sich bestimmt irgendwo im Publikum versteckte. Doch er sah nur die lächelnden Gesichter der Stadtbewohner, die sich auf die zauberhafte Show der jungen Magier freuten.

Zu Theos Entsetzen ging von Anfang an alles schief. Carter ließ bei einem einfachen Trick gleich mehrere Karten fallen. Er lief knallrot an und entschuldigte sich leise, ehe er Hokuspokus bat, ihm den nächsten Stapel Karten zu reichen. Der Affe versuchte, von der Bühne zu flüchten, und Carter wäre fast gestolpert, als er ihn wieder einfangen wollte. Ridley rollte auf Hokuspokus' Leine, und das Tier kreischte wütend.

Theo erinnerte sich an die Proben zurück – eigentlich hatte *er* Carters Karten aus der Hosentasche zaubern sollen. War dieser Fehler seine Schuld?

Die Zuschauer lachten. Zum Glück dachten sie, das würde alles zur Show gehören. Als Nächstes hob Ridley Zylinder hoch und präsentierte ihn der Menge. Die Zwillinge hielten ein großes Tuch vor das Kaninchen, zogen es jedoch wieder weg, bevor Ridley Zylinders Zylinder gegen einen winzigen geschmückten Strohhut austauschen konnte. Beide Hüte plumpsten ihr vom Schoß, das Kaninchen hoppelte davon, und Leila musste

Hüte und Haustier einsammeln und zurückbringen. Ridley war das so peinlich, dass sie den Trick nicht noch einmal versuchte.

Diesmal hatten alle mitbekommen, dass den Kindern ein Fehler passiert war. Die Leute fingen an zu tuscheln. Auch bei diesem Trick hätte Theo helfen sollen. Die Zwillinge hatten garantiert nur gepatzt, weil er sie hängen lassen hatte.

»Die sind nicht sonderlich gut, oder?«, flüsterte Gio Cleo zu.

Theo verriet ihnen nicht, dass es seine Schuld war, weil er die Familie seinen Freunden vorgezogen hatte. Stattdessen erwiderte er: »Normalerweise sind wir besser. Wir hatten nicht viel Zeit zum Üben.«

Die Zwillinge absolvierten ihr Komikprogramm mit den Mäusen und die Jongliernummer ohne größere Probleme, schafften es allerdings auch nicht, das Publikum wieder für sich zu gewinnen.

Allmählich wirkten die Zuschauer gelangweilt. Eine Gruppe am anderen Ende der Wiese fing sogar an zu buhen. Theo erkannte die Fieslinge, die sie vor einiger Zeit schikaniert hatten. Trevor, der Matschwerfer, war am lautesten.

Plötzlich sah er, wie Emily auf die Jungen zustürmte, die Hände in die Hüften gestemmt. Trevor und seine Kumpanen verstummten.

Theo musste etwas unternehmen. Die Magischen Sechs verdienten es nicht, dass man sich so über sie lustig machte. Unwillkürlich sprang er auf und schnappte sich seine Geige und den Bogen. »Wo willst du hin, Brüderchen?«, fragte Leo, aber Theo schob sich stumm an dem Pärchen vor ihm vorbei und marschierte zur Bühne.

Seine Freunde starrten ihn an, als er die Stufen hinaufstieg. »Was willst du hier?«, fauchte Ridley. »Du darfst nicht zweimal auftreten.«

Theo erinnerte sich an Mr Vernons Rat. »Ich bin euer Hintertürchen. Lasst mich beim Finale helfen.« Er suchte die Menge nach Emily ab. Sie schaute ihn an und schüttelte den Kopf. Aber das war ihm einerlei. Er hätte seine Freunde nie im Stich lassen dürfen.

»Dann werden wir disqualifiziert, Theo«, meinte Leila.

»Ist doch egal«, erwiderte Carter. »Jetzt gewinnen wir sowieso nicht mehr.«

Seufzend warf Ridley einen Blick zu den Zwillingen, die beide begeistert nickten. »Na schön«, sagte sie schließlich. »Aber das heißt nicht, dass alles vergeben und vergessen ist.«

Theo lächelte glücklich. »Natürlich.« Er lauschte auf ein Gurren vom Dach des Pavillons.

Er hatte nämlich seine Tauben rausgelassen, bevor er von zu Hause aufgebrochen war, und ihnen das Kommando gegeben, ihm und seinen Geschwistern zum Marktplatz zu folgen, nur für den Fall, dass er sie brauchte. Weder die Zuschauer noch seine Freunde hatten sie bisher bemerkt.

Leila trat an den Bühnenrand. »Meine Damen und Herren, bitte begrüßen Sie mit mir einen Stargast, der mir beim Finale unserer heutigen Vorstellung assistieren wird: Theo Stein-Meyer!«

Über den vereinzelten Applaus hinweg rief eins der Jurymitglieder: »Junge Dame, wenn er auftritt, dann seid ihr alle aus dem Rennen.«

»Das macht nichts«, sagte Carter.

»Theo ist ein unentbehrlicher Teil unserer Gruppe«, fügte Leila hinzu.

Die Zwillinge klatschten ihn ab.

Ridley verschränkte die Arme, nickte aber doch widerwillig.

»Wie ihr wollt«, brummte der Preisrichter und nahm wieder Platz.

Die Magischen Sechs steckten die Köpfe zusammen, und Theo erklärte, was er vorhatte. »Fang so an, wie wir es geprobt haben, Leila. Und dann halt dich einfach an mich. Unser Finale wird alle vom Hocker reißen!«

Er trat zurück, setzte den Bogen an und bewegte ruckartig die Hand. Ein schriller Ton schallte über den Marktplatz. Das Publikum verstummte und beobachtete die Nachwuchszauberer skeptisch.

»Brave Bürger von Mineral Wells«, rief Leila. »Wenn ich um Ihre Aufmerksamkeit bitten dürfte! Wir möchten Ihnen zeigen, was vor ein paar Wochen passiert ist, als eine Verbrecherbande in den Zauberladen meines Vaters eingebrochen ist und uns als Geiseln nehmen wollte.«

Gemurmel wurde laut. Nach all den Gerüchten, die in der Stadt kursierten, brannten die Leute darauf, die Geschichte direkt von den Betroffenen zu erfahren.

Leila schmückte die Ereignisse aus, wie die Kinder es geübt hatten. Theo begleitete sie auf der Geige, spielte eine dramatische Melodie, während Carter, Ridley, Olly und Izzy auf der Bühne herumschlichen wie Cartoonbösewichte. Als Leila die falschen Trauerclowns mit einem langen weißen Seil einfing und fesselte, ließ Theos Instrument ein triumphierendes Gellen ertönen. Die vier Schurken stellten sich in einer Reihe auf, die Arme vor sich erhoben, und präsentierten ihre Handgelenke.

Leila wandte sich wieder ans Publikum. »Die Magischen Sechs brauchen Ihre Hilfe! Wer würde diese Fesseln für uns überprüfen?«

Theo geigte einen spannungsgeladenen Triller und ließ den Blick über die Zuschauer schweifen. »Leila«, zischte er dann. »Da drüben!«

»Du!« Leila zeigte auf Emily Meridian. »Bitte komm auf die Bühne.«

Einen Moment später stieg Emily die Treppe herauf. Mit besorgtem Gesicht beugte sie sich zu Theo und flüsterte: »Du machst einen schrecklichen Fehler.«

Er erwiderte schlicht: »Es tut mir leid, dass du das so siehst.«

»Kannst du bestätigen, dass die Knoten fest sitzen?«, fragte Leila ihre Freiwillige laut.

Emily untersuchte Leilas Arbeit und rief anschließend schmallippig: »Sehr fest. Fast zu fest, Leila.«

Die blinzelte nervös. »Danke … Du darfst wieder zu deinem Platz.«

Als Emily die Bühne verlassen hatte, zwinkerte Leila Theo zu. Das war das Signal, auf das sie sich bei ihrer letzten gemeinsamen Probe geeinigt hatten. Anschließend klatschte sie einmal in die Hände, und die Knoten lösten sich. Sie riss das Seil fort.

Dann ging alles ganz schnell, während die Zuschauer noch *ooohten* und *aaahten*.

Theo legte Geige und Bogen sanft auf den Boden des Pavillons und schaute Leila, Carter, Ridley, Olly und Izzy bedeutungsvoll an, um sie wissen zu lassen, dass es jetzt losging. Mit einem raschen Pfiff durch die Zähne rief er nach seinen Vögeln, wie nur er es konnte. Sechs weiße Tauben kamen vom Dach geflogen und landeten auf den Köpfen der Magischen Sechs – eine auf jedem. Die Kinder bemühten sich, unter ihren kitzelnden Krallen stillzuhalten.

Das Publikum schnappte nach Luft und brach in Beifall aus. Endlich lief alles wie geplant. War es da noch wichtig, dass sie disqualifiziert werden würden? War das nicht das eigentliche Ziel eines Auftritts – *staunende Zuschauer?*

Theo hatte seinen Zauberbogen nicht dabei, deshalb streckte er stattdessen die Arme aus, mit den Handflächen nach unten, die Finger gespreizt. Als er sie langsam hob, schlugen die Vögel auf den Köpfen seiner Freunde mit den Flügeln, und plötzlich schienen die Magischen Sechs vom Pavillonboden aufzusteigen, als würden die Tauben sie tragen, immer höher. Zwei Zentimeter, vier, sechs, acht, *zehn!*

Mehrere Zuschauer sprangen überrascht auf, andere quiekten ängstlich. Carter lächelte selig. Leila hatte die Augen fest zugekniffen. Die Zwillinge kicherten. Ridley grinste. Und Theo verzog angestrengt das Gesicht, als bräuchte er all seine Kraft, um die Vögel und seine schwebenden Freunde unter Kontrolle zu halten.

Er wusste, dass es nicht mehr lange dauern würde, bis jemand nähertrat und das Geheimnis des Tricks entdeckte, deshalb pfiff er laut, und die Tauben flogen auf und kreisten über dem Marktplatz.

Die Magischen Sechs schwebten noch ein paar Sekunden in der Luft, bis Theo ruhig, aber schnell die Arme senkte und seine Freunde wieder auf festem Boden standen.

Die Menge explodierte förmlich. Alle kamen jubelnd auf die Füße – sogar Trevor und die anderen Fieslinge! Die Magischen Sechs traten an den Bühnenrand und schafften es kaum, ihre Begeisterung im Zaum zu halten. Sie fassten sich an den Händen, verbeugten sich und nahmen gemeinsam den langen, wohlverdienten Applaus entgegen.

ZWEIUND-ZWANZIG

Natürlich gewannen sie nicht. Diese Ehre gebührte Miss Carmen Halprin und ihrem tanzenden Dackeltrio Henny, Penny und Bruce. Die Juroren überreichten ihr Pokal und Preisgeld unter höflichem Applaus.

Alle wussten, welche Nummer wirklich eingeschlagen hatte, wenn auch erst gegen Ende.

Als die Magischen Sechs sich neben der Bühne versammelten, musste Theo feststellen, dass Ridley zu ihrem Wort stand und nicht bereit war, ihm so schnell zu vergeben. »Also, erst ruinierst du alles, und wenn du dann in letzter Sekunde den Auftritt rettest, sollen wir dich als Helden feiern?«

»Ach komm, Ridley, lass ihn in Ruhe.« Leila schlang die Arme um Theo. »Wir haben diese Woche alle viel durchgemacht.«

»So wie jede Woche, irgendwie«, fügte Carter hinzu.

Izzy lächelte. »Vielleicht können wir uns die Bösewichte ja von jetzt an zumindest jede *zweite* Woche vom Leib halten.«

»Hey!« Olly deutete zum anderen Ende des Platzes. »Sind das da drüben nicht Mr Meridian und Emily? Sie winken uns.«

»Gehen wir mal rüber und sagen Hallo.« Leila lief voran. »Ich will Emily noch für ihre Hilfe danken.« Carter, Ridley und die Zwillinge folgten ihr.

Theo erinnerte sich daran, was Emily ihm auf der Bühne zugeflüstert hatte: *Du machst einen schrecklichen Fehler.* Würde sie den anderen die Wahrheit erzählen? Am liebsten hätte er seine Freunde gebremst, aber das hätte nur ihre Neugier geweckt. »Wartet«, rief er. Niemand hörte ihn.

Als er ihnen nachlaufen wollte, hielten ihn vertraute Stimmen auf.

Zu seiner großen Erleichterung empfing seine Familie ihn mit Umarmungen und Glückwünschen, trotz der Tatsache, dass seine spontane Rettungsaktion auch die Stein-Meyer-Familienband ihre Chance auf den Sieg gekostet hatte. »Ich bin stolz auf dich, Brüderchen!« Leo zerzauste ihm das Haar. Dann beugte er sich vor. »Aber sorg dafür, dass du das Geigen nicht vernachlässigst. Du bist ziemlich talentiert.«

»Das mache ich. Versprochen.« Theos Blick huschte ans andere Ende der Wiese, wo Mick Meridian in ein Gespräch mit den Magischen Sechs vertieft war. »Würdest du kurz meinen Geigenkoffer halten? Ich bin gleich zurück.«

Als er seine Freunde erreichte, spürte er schon, dass etwas nicht stimmte. Carter umklammerte Hokuspokus' Leine so fest, dass seine Knöchel weiß hervortraten. Leila stand vor Schreck der Mund offen, und Fidibus auf ihrer Schulter ahmte sie nach. Olly und Izzy sahen aus, als hätte jemand ihre Karoanzüge beleidigt. Und Ridleys Wangen waren so rot, dass man nicht einmal mehr ihre Sommersprossen erkannte.

Obwohl Theo genau wusste, was passiert war, konnte er nicht anders. »Was ist los?«, fragte er. Die anderen wirbelten herum, als wäre er aus dem Nichts aufgetaucht.

Emily sagte: »Wir mussten es ihnen erzählen, Theo.«

»Was erzählen?«, hakte er kaum hörbar nach.

»Dass *ich* der Bauchredner vom Smaragd-Ring bin«, antwortete Mick Meridian.

»Ach?«, brummte Theo vage. »Wow.«

»Und was Emily und ich getan haben.«

»Dass ich eure Stimmen imitiert habe«, ergänzte Emily. »Dass wir euch beschützen wollten, indem wir euch auseinanderbringen.«

Zum ersten Mal fand Theo, dass sie klang, als hätte man ihr eine Gehirnwäsche verpasst. Als hätte ihr Vater ihr unsinnige Verschwörungstheorien in den Kopf gesetzt.

Da wandte Emily sich zu Theos Entsetzen wieder an seine Freunde. »Theo hat alles gewusst. Mein Vater und ich haben es ihm gestern gebeichtet.«

Die anderen drehten sich zu ihm, und beim Anblick ihrer wütenden und geschockten Gesichter stockte Theo der Atem.

»Stimmt das?«, fragte Carter.

»Ich … ich …«, war alles, was Theo herausbrachte.

»Da hast du deine Antwort, Carter«, knurrte Ridley und funkelte Theo an.

»Wartet«, meinte Leila unsicher. »Wir müssen uns erst Theos Version der Geschichte anhören.«

Theo riss sich zusammen. »Sie haben mir wirklich gestern gebeichtet, was sie getan haben. Dass sie unsere Stimmen imitiert haben, damit wir uns streiten. Aber sie haben mir auch erklärt, *warum.*« Er schaute zu Emily, die seinem Blick auswich. »Sie hatten Angst, dass Kalagan uns ins Visier nimmt. Dass wir zur Zielscheibe werden, solange wir Freunde sind.«

»*Deswegen* wolltest du nicht mit uns auftreten?«, fragte Ridley. »Du hast auf sie gehört? Das war echt mies von dir, Theo.«

»Ich wollte nicht mit euch auftreten, weil ich Sorge hatte, dass es stimmt. Weil niemand von uns verletzt werden sollte, so wie Mr Meridian damals beim Feuer im Berghotel.«

»Woher zum Teufel weißt du, dass meine Narbe vom Feuer stammt?«, schaltete Mick Meridian sich ein.

»Ich wusste es nicht«, erwiderte Theo. »Aber vielen Dank für die Bestätigung.«

Emilys Vater schnitt eine Grimasse, nickte jedoch. Es verschaffte Theo einen wohligen Kick, dass er den Spieß umgedreht hatte, auch wenn es nur ein kleiner Erfolg war.

»Es gibt noch so viel mehr zu erzählen«, meinte Mick Meridian schließlich. »Beizeiten werdet ihr die ganze Wahrheit erfahren. Aber für den Moment genügt eins: Wir glauben, dass ihr alle in großer Gefahr schwebt. Ich kenne Kalagan. Und ich kenne Dante Vernon.«

Leila schnaubte. »Mein Dad ist der Beste!«

»Er ist stolz und leichtfertig. Er hält sich für unsinkbar.«

Olly zog die Nase kraus. »Unsichtbar?«

»Aber doch nur manchmal«, erklärte Izzy.

»*Unsinkbar*«, wiederholte Mick Meridian. »Unbesiegbar. Als könnte nichts und niemand ihm etwas anhaben. Warum sollte er sonst immer wieder eure Sicherheit aufs Spiel setzen, um seine eigenen Streitigkeiten beizulegen?«

Darauf hatten die Magischen Sechs keine Antwort. Theo dachte über Mr Vernons Verhalten in den vergangenen paar Monaten nach. Er hatte vorgeschlagen, dass sie sich verkleiden und in Bossos Hotelzimmer einbrechen. Er hatte die Wahrheit über Sandra Santos verschwiegen, und lieber ein Notizbuch beschützt als seine eigene Tochter. Und zuletzt: Er hatte die Kinder sich selbst überlassen, obwohl er wusste, dass Kalagan es vielleicht auf sie abgesehen hatte.

Mick Meridian seufzte. »Lasst mich euch eine Geschichte erzählen …«

* * *

Emilys Vater zufolge hatte der Smaragd-Ring heute mehr Mitglieder, als man zählen konnte.

Doch begonnen hatte damals alles mit nur zwei: Dante und Lyle. Sie erhoben die Magie zur idealen Form der Unterhaltung, um mehr Geheimnis in ihr Leben zu bringen.

Kalagan wiederum versuchte, die Gruppe davon zu überzeugen, dass sie ihre Fähigkeiten zu Geld machen konnten. Er hatte mehrere Bücher über Psychologie und Hypnose gefunden. Die übte er an den Mitgliedern des Smaragd-Rings.

Eines Sommers, kurz nachdem die Anmeldeliste für die Mineral-Wells-Talentshow ausgehängt worden war, geriet alles außer Kontrolle. Der Smaragd-Ring war der klare Favorit. Allerdings konnte sich die Gruppe nicht auf ein Finale für ihre Nummer einigen.

Dante wollte alle seine Freunde gleichzeitig verschwinden lassen.

Kalagan plante, mehrere Zuschauer zu hypnotisieren, damit sie ihren Schmuck und ihre Geldbörsen in einen Samtbeutel legten und diesen dann anzündeten. Der Beutel würde verbrennen, während die Zuschauer realisierten, was sie getan hatten. Doch am Ende würde Kalagan seinen Zylinder absetzen und den Opfern zeigen, dass er ihre Wertsachen sicher und wohlbehalten auf seinem Kopf balancierte.

Dante glaubte allerdings nicht, dass Kalagan die Sachen sicher und wohlbehalten – oder überhaupt – zurückgeben wollte.

Die Diskussionen wurden immer hitziger, bis Sandra schlussendlich vorschlug, dass der Smaragd-Ring einen eigenen Wettbewerb abhalten sollte: Dantes Trick gegen Kalagans.

Die beiden Jungen verabredeten sich im Keller des Berghotels, wo Bobby, Sandra, Mick und Lyle eine Bühne in der Form und der Größe des Pavillons gebaut hatten.

Dante trat zuerst auf. Er holte seine Freunde auf die improvisierte Bühne, wo sie sich in einer Reihe aufstellten. Umgeben von Kistenstapeln, Staub und Spinnweben erklärte er ihnen, was sie tun mussten, damit der Trick funktionierte. Es klappte reibungslos, und Dante verbeugte sich tief, während alle applaudierten.

Schließlich war Kalagan an der Reihe. Er bat seine Freunde, ihm jeweils ihren wertvollsten Besitz auszuhändigen, und steckte alles in seinen Samtbeutel. Wie aus dem Nichts zauberte er eine lange Kerze herbei und entzündete mit einem Fingerschnippen den Docht.

Was dann genau passierte, war schwierig zu sagen.

Einige der Kinder glaubten an einen Unfall.

Andere hielten es für Absicht.

Jedenfalls breitete sich das Feuer rasend schnell aus, von der Bühne über die staubigen Kisten bis zur Decke. Es verschlang alles, auch die Holzbalken, die den Boden des Stockwerks darüber trugen.

Sandra, Lyle und Dante entkamen durch eine Geheimtür in die Schmugglertunnel. Bobby, Mick und Kalagan schafften es die Treppe hinauf in den Flur des Erdgeschosses. Dort herrschte Chaos. Gäste rannten durcheinander und flohen vor den Flammen und dem

Rauch, der sie einzuhüllen drohte. Kalagan trennte sich von den anderen beiden und stürmte auf eine weitere Treppe zu. Er müsse seine Eltern finden, rief er Mick und Bobby über die Schulter zu.

Als die Jungen sich zu einem Fenster flüchteten, stolperte Mick. Ein brennender Balken stürzte auf ihn und begrub ihn unter sich. Das Feuer fraß sich von seinem Rücken bis zum Hals. Dann wurde alles dunkel.

Bobby hatte eine Decke über seinen Freund geworfen, um die Flammen zu ersticken. Während sie in die Nacht hinaushumpelten, zog sich ein kaum zu ertragender Schmerz über Micks versengte Haut.

Das Feuer wütete stundenlang und trotzte dem heldenhaften Kampf der örtlichen Feuerwehr. Im Morgengrauen stand ein Großteil des Gebäudes noch, aber ein Flügel war bis zur Unkenntlichkeit verkohlt.

Genau wie die Freundschaft der jungen Zauberer.

* * *

Die Magischen Sechs wechselten schweigend lange Blicke, bis Theo fragte, was alle dachten: »Und was ist dann passiert?«

»Ich lag monatelang im Krankenhaus, um mich von meinen Verbrennungen zu erholen. Nach mehreren Eingriffen und Transplantationen musste ich im Grunde jede Bewegung neu erlernen.« Mick Meridian machte eine Pause. »Kalagan hat es aus dem brennenden Gebäude geschafft … seine Eltern, die dort arbeiteten und den Gästen halfen, nicht. Er kam in ein Waisenhaus. Aber er ist immer wieder ausgebüchst, um nach Mineral Wells zurückzukehren. Mit Bobby ist er eng befreundet geblieben, aber Dante und Lyle hat er nie verziehen. Er gibt ihnen die Schuld an der ganzen Tragödie. Weil sie abgehauen sind und uns im Keller zurückgelassen haben.«

»Und Sie?«, hakte Theo nach. »Geben Sie Mr Vernon auch die Schuld?«

Mick Meridian seufzte. »Ich glaube nicht, dass es ein Unfall war. Dante Vernon hatte seine Finger im Spiel. Danach wollte ich nichts mehr mit Magie zu tun haben. Die Mitglieder des Smaragd-Rings sind erwachsen geworden, haben das alles hinter sich gelassen. Dachte ich zumindest. Der Zorn hat Kalagan verändert. Genau wie die Schuld wohl Dante. Jahrelang hat er versucht, seine Fehler wiedergutzumachen. Mittlerweile versucht er es anscheinend durch euch sechs.«

»Mr Vernon vertraut uns«, sagte Theo mit so viel Überzeugung, wie er aufbringen konnte.

Leila nickte und wischte sich die Tränen von den Wangen. »Mein Dad liebt uns aus ganzem Herzen.«

Mick Meridian wandte sich an Theo. »Als du heute Abend mit deinen Freunden aufgetreten bist, hast du alles zerstört, was wir in den vergangenen Wochen erreicht haben. Kalagans Spione beobachten euch. Und jetzt wissen sie, dass eure Freundschaft so stark ist wie eh und je.«

»Vielleicht ist das auch gut so«, erwiderte Theo. »Nur wenn wir stark sind, können wir uns wehren. Das kann Emily sicher bestätigen. Schließlich hat sie Trevor zu Fall gebracht, als er uns bei der Probe bedroht hat.«

»Aber das hat sie *allein* getan«, meinte Mick Meridian. »Und sie hat dafür trainiert und geübt und sich verbessert. Allein. Ich schlage vor, ihr tut dasselbe.«

»Wir sind die Magischen Sechs!« Ridley drückte Zylinder an sich. »Wir üben *Zaubertricks*. Die können genauso mächtig sein wie Fäuste.«

»Das weiß Kalagan. Und er wird es gegen euch verwenden. Gegen euch und gegen Dante.«

Wieder Schweigen. *Tick, tack, tick, tack, tick, tack*, machte eine Uhr.

Irgendwann gelang es Theo endlich, Emily in die Augen zu schauen. »Ich dachte, wir wären Freunde«, sagte er leise.

»Und ich dachte, du würdest es verstehen«, erwiderte sie ausdruckslos.

Tick, tack, tick, tack, tick, tack, machte Theos Herz im Takt eines Lieds, das nicht mehr erklang.

Als er sich abwandte, fing plötzlich der Boden unter seinen Füßen an zu wackeln. Keine Sekunde später ertönte ein donnernder Knall, so laut, dass sich die letzten verbliebenen Zuschauer auf dem Marktplatz instinktiv die Ohren zuhielten.

Fassungslos beobachtete Theo, wie die großen Schaufenster des Zauberladens zerbarsten.

DREIUND-ZWANZIG

Steinbrocken stürzten auf den Bürgersteig und die Straße.

Die Menschen flohen in Panik, während die Magischen Sechs zusahen, wie das Gebäude in sich zusammenfiel. Mit einem lauten Krachen sackte das Schieferdach ein, und die Fassade des Hauses kippte gefährlich nach hinten, wo ein Krater vor wenigen Augenblicken den Boden des Ladens verschlungen hatte.

»Die Schmugglertunnel«, sagte Leila atemlos. »Wahrscheinlich ist der unter dem Laden eingebrochen.«

»Glaubst du, das war ein Unfall?«, rief Carter.

»Keine Ahnung! Hör auf, mich anzuschreien.«

»Kalagan«, schaltete Ridley sich ein. »Er weiß von den Tunneln.«

Theo schluckte und schaute zu Emily und ihrem Vater, die ebenso entsetzt wirkten wie sie. Dann erinnerte er sich an das Anagramm auf dem Plakat für Wendel Wispers Bauchrednershow und den Zigarettenstummel vom Vormittag.

»*Zerbröselnde Magische-Sechs-Pasteten*«, flüsterte er. »*Gute Wahl, Theo!*« Er hätte nicht mit seinen Freunden auftreten sollen. Er drehte sich zu ihnen. »Das Plakat war wirklich eine Warnung. Wir haben nicht darauf gehört.« Er musste sich den Laden ansehen. »Bleib bei den Tieren«, rief er Ridley über die Schulter zu und sprintete über die Straße.

Bald erklangen Schritte hinter ihm. Leila und Carter. »Paps«, schluchzte Leila. »Er ist bei der Arbeit. Ich muss ihn anrufen!«

An der Bordsteinkante hielten sie an. Durch eine wabernde Staubwolke erkannten sie die Überreste des Hauses. »Ich glaube nicht, dass euer Telefon noch funktioniert.«

In der Ferne heulten Sirenen. Die Feuerwehr war unterwegs.

»Was sollen wir jetzt tun?«, fragte Carter.

Theo sah sich nach seiner Familie um, konnte ihre Gesichter aber in der Menge nicht ausmachen. Alle hatten sich auf die andere Seite des Marktplatzes geflüchtet.

»He, Kinder«, sagte plötzlich eine Stimme neben ihnen. »Hier ist es nicht sicher.«

Im Eingang des Nachbarladens lungerte eine ganz in Schwarz gekleidete Gestalt. Theo stockte der Atem. Das war derselbe Mann, der sie am Morgen beim Zauberclubtreffen belauscht hatte. Derselbe Mann, der davongerannt war und sich in einen Kleiderständer mit Mr Vernons Sachen verwandelt hatte. Leila umklammerte Theos linke Hand, Carter griff nach seiner rechten. Gemeinsam wichen sie zurück. »Habt ihr verstanden? Das ist der letzte Ort, an dem ihr sein wollt.«

Mit den schwarz behandschuhten Fingern fasste der Mann unter seinen Umhang und zog einen dünnen schwarzen Stab hervor, der an beiden Enden einen weißen Streifen hatte. Es war ein klassischer Zauberstab, wie sie in einem Glas ganz vorn in Mr Vernons Laden standen.

Den es nicht mehr gab.

Die Bewegungen des Mannes waren so faszinierend, dass Theo den Blick nicht davon losreißen konnte. Mit einem Schlenker verwandelte der Zauberstab sich plötzlich in etwas anderes.

Eine lange, scharfe Klinge glitzerte im Licht des Mondes.

»Lauft!«, schrie Theo seinen Freunden zu.

Sie flohen um die Straßenecke.

Der Himmel war beklemmend düster. Theo stolperte über einen Pflasterstein, als er mit Leila und Carter die abschüssige Straße hinunterrannte, und wäre fast gefallen, konnte sich aber gerade noch auf den Beinen halten.

Die Straßenlaternen waren bei der Explosion ausgegangen. Die Kinder sprinteten an dunklen Schaufenstern vorbei. Hinter ihnen dröhnten Schritte durch die Stille. Der Mann war ihnen dicht auf den Fersen. Theo versuchte, nicht über die Waffe in dessen geballter Faust nachzudenken.

»Wohin?«, fragte Leila keuchend.

»Egal, Hauptsache schnell!«, antwortete Carter. »Er ist zu nah, um ihn abzuhängen.«

Theo packte die beiden am Arm und zerrte sie in eine enge Gasse.

Backsteinmauern erhoben sich drohend neben ihnen. Der schmale Ausgang vor ihnen wurde breiter, je näher sie ihm kamen.

Als Theo einen Blick über die Schulter warf, sah er eine Bewegung am Eingang der Gasse. Einen wirbelnden Schatten.

Sie stürmten auf einen großen dunklen Parkplatz in einem abgeschirmten Hinterhof, den die Rückseiten mehrerer Läden und Häuser umgaben. Noch immer kein Strom! Hoch über ihnen ragte ein Kirchturm in den schwarzen Himmel.

»Hier lang!« Theo deutete auf einen schmalen Weg, der um die Kirche führte.

Schritte schallten aus der Gasse. Es schien völlig egal zu sein, wo sie sich versteckten. Der Mann ahnte jede ihrer Bewegungen voraus.

Und er holte auf.

Carter schob die Hand in die Hosentasche, zog etwas heraus und schnippte mit den Fingern. Eine Flamme erhellte die Nacht. Er schleuderte das Pyropapier hinter sich. Es segelte durch die Luft wie eine Sternschnuppe und landete direkt vor den Füßen ihres Verfolgers. Der sprang über die glimmenden Überreste und rannte weiter.

Leila wand sich zuckend aus ihrer Zwangsjacke. Das schwarze T-Shirt darunter ließ sie mit der Dunkelheit verschmelzen. Auf halbem Weg um die Kirche wirbelte sie herum und zielte auf den Mann. Die Ärmel der Jacke wickelten sich um seinen Kopf, als würden sie ein Eigenleben führen. Zum allerersten Mal wurde er langsamer, strauchelte vielleicht sogar.

Leila änderte abrupt die Richtung, zerrte die Jungen mit sich in den Goldflieder neben dem Weg und bedeutete ihnen, still zu sein. Zusammengekauert beobachteten sie, wie der Mann nur ein paar Meter von ihnen entfernt mit der Zwangsjacke kämpfte.

Bald schon hatte er sich befreit. Er warf die Jacke zu Boden und bückte sich nach seinem Zylinder. Als er bemerkte, dass die Kinder verschwunden waren, wandte er ruckartig den Kopf und schaute sich um.

Leila quetschte Theos Arm. Carter presste sich die Hand vor den Mund. Theo hielt den Atem an. Ob es Ridley und den Zwillingen wohl gut ging? Und Emily und Mick Meridian?

Der Blick ihres Verfolgers fiel auf die Sträucher, und er machte einen Schritt darauf zu. Gleich würde er sie entdecken!

Da flüsterte plötzlich eine Stimme hinter der Kirche: »Los, wir teilen uns auf. Carter, du gehst hier lang, Leila, du dort, und ich laufe außenrum zur anderen Seite.« Gänsehaut überzog Theos Nacken. Das klang genau wie er!

Es musste Emily sein. Sie imitierte seine Stimme und ließ sie aus einer anderen Richtung kommen, um ihren Verfolger zu verwirren.

Der Mann schluckte den Köder. Er stürmte zurück auf den Weg und um die Ecke, hinter der der falsche Theo gesprochen hatte.

Leila und Carter starrten Theo mit aufgerissenen Augen an. *Emily*, formte er lautlos mit den Lippen. *Sie hilft uns.* Dann nickte er in Richtung Parkplatz. Vorsichtig krochen sie aus dem Gesträuch und schlichen durchs Gras. Dabei lauschten sie ängstlich auf Schritte ihres Verfolgers, die jedoch ausblieben.

Sie hatten die sichere Gasse fast erreicht, als eine blecherne Stimme hinter ihnen rief: »*Ich bin Darling Daniel. Und wer seid ihr?*«

Sie wirbelten herum.

Die dunkle Gestalt stand nur ein paar Meter von ihnen entfernt, wie angewurzelt. Die Welt verschwamm vor Theos Augen. Er kam sich vor, als wäre er Teil einer Zaubernummer, für die er sich nicht freiwillig gemeldet hatte.

»Lassen Sie uns in Ruhe!«, rief Leila.

»Mit uns ist nicht zu spaßen«, ergänzte Carter.

»*Ich bin Darling Daniel*«, wiederholte die Stimme von Wendel Wispers Bauchrednerpuppe. »*Und wer seid ihr?*«

»Wir sind die Magischen Sechs«, brüllte Theo so laut, dass ihm der Hals wehtat. »Und Sie werden für Ihre Taten bezahlen!«

Eine neue Stimme ging von der reglosen Gestalt aus. Eine vertraute Stimme. »*Ich bin Dante Vernon. Was ... habe ich ... getan?*«

»Dad?«, fragte Leila.

»Das ist nicht dein Dad«, versicherte Theo ihr.

Am Saum des schwarzen Umhangs blitzte ein Funke auf. Flammen brachen hervor und fraßen sich voran, bis sie den Mann völlig verschlangen. Theo, Leila und Carter klammerten sich entsetzt aneinander, während er vor ihren Augen verbrannte.

Gelächter hallte zwischen den Gebäuden wider, die den Parkplatz umgaben.

Das ist nur ein Trick, dachte Theo jäh. *Eine Irreführung. Klamotten an einem Kleiderständer. Schon wieder.* Je länger sie sich von der Feuersbrunst ablenken ließen, desto mehr Zeit hatte der Bösewicht, den nächsten Trick vorzubereiten.

Und der könnte tödlich sein.

»Kommt, weg hier!« Er zerrte Leila und Carter am Ärmel. Doch kaum hatte er sich umgewandt, prallte er gegen etwas Hartes.

Nein, nicht etwas. *Jemand!*

Theo schaute auf. Die schwarze Krempe eines Zylinders verdeckte die Sterne. »Kalagan!«, stieß er hervor.

Starke Finger schlossen sich um seinen Arm.

»Erwischt«, sagte der Mann und fing an zu kichern.

VIERUND-ZWANZIG

Leila und Carter schrien auf und wichen zurück.

Kalagan zerrte Theo zu sich und legte ihm mit eisernem Griff einen Arm um die Brust. Irgendetwas bohrte sich in Theos Kehle, direkt unterm Kinn.

»W-was wollen Sie von uns?«, stammelte Theo.

»Dass ihr alle … verschwindet.« Die Stimme war rau und tief und klang ganz anders als die vorherige. »Das war eine *schlechte Wahl, Theo.*«

»Lassen Sie ihn gehen!« Carter hob die Hände, um zu zeigen, dass er kein Ass mehr im Ärmel hatte.

»Bitte«, flehte Leila. »Er ist doch bloß ein Kind.«

»Bloß ein Kind?«, wiederholte Kalagan. »Ihr *Kinder* habt diesen Sommer schon genug Schaden angerichtet. Meine Pläne ...«

Auf einmal waren auf dem Parkplatz trappelnde Füße und quietschende Reifen zu hören, die hinter dem brennenden Kleiderständer abrupt anhielten. »Theo!«, schrie Ridley. Als ihr Blick auf den Mann mit Umhang und Zylinder fiel, verfinsterte sich ihre Miene. »Sie ... Sie *Schuft*! Wenn Sie ihm wehtun, dann werde ich ... dann werde ich ...«

»Dann wirst du was?«, fragte Kalagan belustigt. »Mich mit Wasser aus deinem Rollstuhl bespritzen?« Er drehte sich zu Leila und Carter. »Und ihr schlitzt mich mit Spielkarten auf und fesselt mich mit Zahnseide?« Über die Flammen hinweg rief er Olly und Izzy zu: »Und ihr steppt mich besinnungslos?« Sein Prusten ähnelte einer Lokomotive, die Fahrt aufnahm. »Wie süß! Ihr habt keine Ahnung, mit wem ihr euch anlegt.«

»Genauso wenig wie Sie!«, sagte eine neue Stimme hinter Theo.

Und ehe jemand reagieren konnte, ertönte ein Wummsen und ein Krachen und ein Kreischen, bei dem Theo beinahe das Trommelfell platzte. Die Klinge des Zauberstab-Messers kratzte über seine Haut, als er nach vorn geschleudert wurde. Er stolperte weg von Kalagan und wirbelte herum. Emily Meridian stand vor ihm, die Hände in Karatehaltung erhoben.

Kalagan wälzte sich außer Reichweite und rappelte sich auf. Als er sein Bein belastete, verzerrte sich sein Gesicht vor Schmerz. »Das war der Fehler deines Lebens.«

Theo stieß einen langen, lauten Pfiff aus, um Kalagan abzulenken und gleichzeitig um Hilfe zu rufen. Der Schurke war kurz verwirrt, was Emily genug Zeit verschaffte, um Theo, Leila und Carter zu Ridley und den Zwillingen auf die andere Seite des Feuers zu scheuchen. »Das bezweifle ich«, erwiderte sie, an Kalagan gewandt. »Diese *Kinder* sind stärker, als Sie sich vorstellen können.«

Kalagan hob den Zauberstab und richtete ihn auf sie. »Stärker als dein Vater?« Damit fasste er sich in den Nacken, wo sich Mick Meridians Narbe befand.

Diese Bemerkung irritierte Emily. Mehr Zeit brauchte Kalagan nicht. Er stürmte auf sie zu, und sein Messer schimmerte orangefarben im Feuerschein.

Über ihnen erklang ein Flattern. Theo zögerte keine Sekunde. Er gab das Signal, und seine Tauben schossen herab und stürzten sich auf den Bösewicht. Ihre weißen Flügel blitzten, während ihre Klauen ihm das Gesicht zerkratzten. Er schrie auf und versuchte, in Deckung zu gehen.

Theo hatte sich nämlich Mr Vernons Rat zu Herzen genommen: *Magier müssen auf alles vorbereitet sein.* Deshalb hatte er zwischen den Jamsessions mit seinen Geschwistern und dem Bauchredner-Beschatten mit seinen Freunden seinen geliebten Vögeln diesen Trick beigebracht. Nachdem er eine Variante davon an Trevor und

seiner boshaften Bande ausprobiert hatte, war ihm klar geworden, dass er die Nummer noch verbessern musste. Und die Tauben führten seine Befehle perfekt aus.

Emily floh um das Feuer herum zu ihm und den anderen.

Kalagan schlug stöhnend nach den Vögeln, die unablässig angriffen. Schließlich packte er seinen Umhang, hob den Arm und wirbelte herum, um eine Stoffbarriere zwischen sich und die Krallen zu bringen. Die Tauben stoben auseinander und flüchteten hinauf zu den Dächern. Einen Augenblick später fiel der Umhang in einem Haufen zu Boden.

Der Mann war wieder verschwunden.

Anscheinend hatte die Angst Theo auf den Beinen gehalten, denn jetzt gaben seine Knie nach, und er sackte zusammen. Emily bekam seine Schultern zu fassen, ehe sein Kopf auf den Asphalt knallte. Leila, Carter, Ridley und die Zwillinge drängten sich um ihn. Er schaute auf, ließ den Blick an ihnen vorbeiwandern zum Sternenhimmel, über den er in seinen Träumen geglitten war. Sein Hals brannte dort, wo das Zauberstab-Messer ihn erwischt hatte, doch als er die Hand auf den Schnitt presste, blieb sie trocken. Zum Glück.

Besorgte Stimmen redeten durcheinander.

»Geht es ihm gut?«

»Ist er in Ohnmacht gefallen?«

»Wir müssen Hilfe holen!«

»Bringen wir ihn hier weg.«

»Kinder!«, rief jemand ganz in der Nähe.

Ein Mann mit schwarzem Umhang und Zylinder trat aus der Gasse.

Kalagan war zurück! Theo versuchte, sich aufzusetzen, aber sein Körper verweigerte jede Bewegung.

Leila sprang auf und rannte los. »Dad!« Erst jetzt bemerkte Theo das weiße Haar, das unter der Hutkrempe hervorlugte. Leila fiel ihrem Vater um den Hals und klammerte sich an ihn. »Dir geht's gut, dir geht's gut«, stammelte sie immer wieder, bis er sich irgendwann aus ihrer Umarmung löste und sie und die anderen in Augenschein nahm.

»Ja, so ist es.« Er drückte seiner Tochter einen Kuss auf die Stirn.

Dann schaute er Theo an. »Und *dir*?«

Emily half Theo erst, sich zu setzen, und schließlich auf die Beine. Ridley rollte auf seine andere Seite, sodass er sich auf ihre Armlehne stützen konnte. Ihr Gesicht war kreidebleich, und in ihren Augen glänzten Tränen.

»Mir auch, glaube ich«, antwortete Theo benommen.

Carter lief auf Mr Vernon zu. »Der Zauberladen ist weg!«

Die Miene ihres Mentors war ernst. »Ich weiß. Mein Zug kam kurz vor der Katastrophe an. Zum Glück ist der andere Mr Vernon oben im Berghotel. Aber das ist jetzt nicht wichtig. Los!« Er bedeutete den Kindern, ihm zu folgen. »Wir müssen euch untersuchen lassen. Auf dem Marktplatz wimmelt es nur so von Krankenwagen ...«

Theo hörte nicht mehr zu. Während er sich zurück ins Stadtzentrum schleppte, konnte er an nichts anderes denken, als dass der Mann, der ihm wehgetan hatte, noch immer irgendwo im Dunkeln lauerte und ihn beobachtete.

Er warf einen letzten Blick über die Schulter und sah, wie die brennende Gestalt funkensprühend zu Boden fiel und zerbröselte.

FÜNFUNDZWANZIG

An das, was danach geschah, erinnerte Theo sich nur wie durch dichten Nebel.

Manchmal jedoch hatte er klare Momente.

Dann fiel ihm wieder ein, dass er mehrere Tage im Krankenhaus gelegen hatte, wo die Ärzte ihn zur Beobachtung behalten wollten.

Sie sagten, er habe einen Schock erlitten, was für Theo eher klang wie die Reaktion auf einen verblüffenden Zaubertrick als ein ernstes Leiden. Seine Eltern hatten abwechselnd an seinem Bett gesessen. Dazwischen waren jede Menge andere Besucher gekommen: seine Geschwister, die beiden Mr Vernons und natürlich die übrigen Magischen Sechs.

Sie alle hatten ihm berichtet, was draußen in der Welt passierte.

Vernons Zauberladen war völlig zerstört. Leila, Carter und die beiden Mr Vernons bewohnten jetzt eine Suite im Berghotel, wo auch Zylinder, Fidibus und Hokuspokus sicher waren.

Bei der Untersuchung der Schmugglertunnel hatten die Ermittler Beweise gefunden, dass tatsächlich jemand eine Explosion unter dem Zauberladen ausgelöst hatte.

In der Mineral Wells Gazette war ein Artikel über die Wanzen in den Darling-Daniel-Puppen veröffentlicht worden. Inzwischen sah man die Dinger nicht mehr überall in der Stadt, sondern höchstens noch in Mülleimern vor einer Garageneinfahrt oder hinterm Haus.

Genau wie Vernons Zauberladen hatte auch Meridians Musik dichtgemacht, allerdings aus einem ganz anderen Grund. Als Leila und Carter bei Emily und ihrem Vater hatten vorbeischauen wollen, hing ein Zettel im

Schaufenster: *An unsere lieben Kunden – für die Meridians wurde es Zeit weiterzuziehen. Innigen Dank für die vielen Jahre, in denen Sie uns treu waren. Wir wünschen Ihnen nur das Beste für alle musikalischen Projekte, die die Zukunft für Sie bereithält. Herzlich, Mick und Emily Meridian.*

Aber Theo konnte nicht glauben, dass Emily weg war, ohne es mit eigenen Augen gesehen zu haben. Deshalb bat er seine Eltern, am Musikladen vorbeizufahren, als er aus dem Krankenhaus entlassen wurde.

Alles war dunkel. Theo stieg aus und drückte das Gesicht an die Schaufensterscheibe. Die Instrumente an den Wänden waren verschwunden. Nur die Drähte und Haken, die sie all die Jahre getragen hatten, hingen noch da.

Während Theo wieder zum Auto schlurfte, spürte er eine Leere in sich wachsen. Wo einst sein Herz gepocht hatte, war jetzt nur noch ein hohles Echo.

* * *

Beinahe eine Woche später traf Theo sich mit seinen Freunden zu einem privaten Brunch im Berghotel. Der andere Mr Vernon tischte bergeweise Eier, Blaubeerpfannkuchen, Zitronen-Mohn-Muffins und Riesendonuts in allen erdenklichen Farben und Formen auf.

Sie waren allein im Hotelrestaurant – die hohen, breiten Türen versperrten den anderen Gästen den Zutritt. Ridley klopfte mit den Knöcheln auf den Tisch, um ihre Aufmerksamkeit zu erregen. »Ich habe noch mal über Kalagans Anagramm auf dem Plakat nachgedacht.« Sie schlug ihr Notizbuch auf. »Und ein bisschen mit Darling Daniels Botschaften herumgespielt. Es gab sechs verschiedene, erinnert ihr euch?« Sie drehte das Notizbuch um, damit die anderen sie lesen konnten:

Wer spricht denn da?

Nicht aus Fleisch und Blut und doch so lebhaft!

Hören Sie mich live im Berghotel!

Will man dabei sein, sichert man sich lieber schnell ein Ticket!

Muss man gesehen haben!

Fühlen Sie sich bereit für eine unglaubliche Show?

»Ja, wir erinnern uns«, antwortete Theo. »Und was genau willst du uns zeigen?«

Leila schrie auf. »O nein!« Sie schaute ihren Dad an. »Das ist echt unheimlich!«

Dante Vernon, der am Kopfende des Tisches saß, nickte grimmig.

»Weiht uns bitte jemand ein?«, fragte Carter. Leila fuhr mit dem Finger am Rand der Seite entlang und berührte das erste Wort jedes Satzes. Carter las laut vor: »*Wer. Nicht. Hören. Will. Muss …*« Er wurde so weiß wie das Porzellan vor ihm. »*Fühlen*«, schloss er schluckend.

Theo kribbelte der Kopf. Die Zwillinge starrten sprachlos auf das Notizbuch.

»Kalagan ist weiterhin wie vom Erdboden verschluckt«, sagte Mr Vernon. »Und Ridleys Entdeckung verheißt nichts Gutes für die Magischen Sechs und ihre Zukunft.«

Theo runzelte die Stirn. »Was soll das bedeuten? Ich dachte, wir wären stärker denn je.«

»Eben das ist das Problem«, erwiderte Mr Vernon. »Kalagan darf das auf keinen Fall wissen.«

»Du meinst …«, fing Carter an, ehe er verwirrt verstummte. »Äh, was meinst du?«

Ridley verschränkte die Arme. »Dass Mick Meridian und Emily gar nicht so falsch lagen.« Sie musterte Mr Vernon, als wollte sie seine Gedanken lesen. »Dass wir uns nicht mehr treffen sollen.«

»Wirklich, Dad?« Leila ließ den Blick über die Kinder am Tisch schweifen. »Aber wir müssen uns treffen.

Das sind meine Freunde. Meine besten Freunde. Und sie werden es auch immer bleiben.«

Mr Vernon räusperte sich. »Ridley hat recht. Ich denke, es ist an der Zeit, dass die Wege der Magischen Sechs sich trennen.«

Theo wurde eiskalt.

Olly setzte sich aufrecht hin. »Ich bin ab jetzt ganz brav. Keine Ablenkungen mehr. Nur noch Magie!«

»Ich auch«, versicherte Izzy. »Ich mochte Ablenkungen sowieso noch nie. Die lenken so ab. Wir sorgen dafür, dass alle sich aufs Üben konzentrieren!«

Mr Vernon schüttelte den Kopf. »Solange Kalagan glaubt, dass ihr gegen ihn arbeitet, dass ihr meine kleinen Helfershelfer seid, wird er wiederkommen. Euretwegen. *Unseretwegen.* Ich will euch keine Angst einjagen, aber … ich mache mir Sorgen. Gemeinsame Auftritte wie in diesem Sommer werden immer gefährlicher. Kalagan darf euch nicht mehr zusammen sehen.«

Wie Mr Vernon diesen letzten Satz betont hatte, nistete sich in Theos Kopf ein.

Nicht mehr sehen …

Carter protestierte: »Aber wir waren uns doch einig: Wenn Kalagan noch in Mineral Wells wäre, wüssten wir's.

Selbst in Verkleidung könnte er sein verletztes Knie nicht verbergen. Wir haben alle das Krachen gehört, als Emily ihn getreten hat. Wir müssen nur nach jemandem mit einem Humpeln Ausschau halten.«

»Ich fürchte, das wird nicht genügen«, sagte Mr Vernon. »Nach allem, was ich auf meiner jüngsten Reise in den Norden erfahren habe, hat er Mittel und Wege, jeden Verdacht zu zerstreuen.«

Leila schürzte die Lippen. »Du willst uns immer noch nicht verraten, was du herausgefunden hast?«

Ihr Vater blinzelte. »Ich kann mich nur entschuldigen, dass ich nicht für euch da war. Nach Sandra Santos' Stippvisite letzten Monat hätte ich euch erzählen sollen, dass Mick Meridian ebenfalls im Smaragd-Ring war. Solange wir hier in Mineral Wells wohnen, muss ich wohl akzeptieren, dass Geheimnisse, so wichtig sie beim Zaubern auch sind, im wahren Leben eher schaden als helfen.«

»Und was sollen wir jetzt machen?«, fragte Ridley. »Einfach nicht mehr miteinander reden?«

Mr Vernon senkte den Blick. »Spielt Theater. Tut so, als hättet ihr euch auseinandergelebt. Als würdet ihr euch nicht länger verstehen. Nur so verschwindet ihr hoffentlich von Kalagans Radar. Es tut mir fürchterlich leid, dass ich uns in diese Situation gebracht habe.«

Die Magischen Sechs schauten einander an. Sie fanden keine Worte. Es gab nichts mehr zu sagen.

* * *

Die ersten Tage ohne seine Freunde waren die härtesten. Anfangs leisteten Theo immerhin noch seine Geschwister Gesellschaft, aber deren Besuch neigte sich schnell dem Ende zu.

»Bis nächstes Jahr!« Leo umarmte Theo zum Abschied auf der Veranda. »Und vergiss das Geigeüben nicht. Das wird dir guttun.«

Der Sommer war bald vorbei. Theo bereitete sich auf das neue Schuljahr vor und las eilig die vielen Bücher, wie sein Englischlehrer es ihnen aufgegeben hatte. Seine Eltern kauften ihm einen neuen Frack, als Ersatz für den, der schmutzig geworden war.

Eines Nachmittags fand er einen Brief mit seinem Namen im Briefkasten. Sonst war nichts auf dem Umschlag, weder Briefmarke noch Poststempel noch Absender. Im Inneren steckten ein ordentlich gefaltetes Blatt Papier und ein geheimnisvoller Messingschlüssel. Er fiel Theo in die Hand, während er las:

Lieber Theo,

es tut mir so leid, dass ich mich nicht verabschiedet habe. Trotz allem, was diesen Sommer passiert ist, sollst du wissen, dass ich die Zeit mit dir sehr genossen habe. Mein Vater hatte Angst, dass unser Laden auch zur Zielscheibe würde, wenn wir bleiben, wie Vernons Zauberladen.

Meine Familie fühlt sich hier, in unserem neuen Zuhause, sicherer. Meine Mutter und mein Vater wollen an ihrer Beziehung arbeiten. Das wird bestimmt nicht einfach und braucht Zeit. Die Liebe ist genauso kompliziert wie das Innenleben eines Metronoms. Aber Zeit haben wir jetzt sehr viel. Ich hoffe, dass ich mich irgendwann noch richtig von dir verabschieden kann.

Und vielleicht eines Tages auch wieder Hallo sagen.

Deine
Emily Meridian

Theo wischte sich die Tränen von den Wangen und schob den Brief in seinen Nachttisch. Den Schlüssel verbarg er in der Faust. Anschließend schlenderte er zur Main Street, ganz langsam, um keine Aufmerksamkeit zu erregen.

Er horchte auf jedes vorbeifahrende Auto, auf die jauchzenden Kinder in den Gärten. Und auf die Schritte, die jederzeit hinter ihm erklingen könnten. Er wünschte, Ridley wäre bei ihm, aber er wusste, dass sein Spaziergang durch Mineral Wells mit ihr zusammen noch viel gefährlicher wäre.

An der Stelle, wo vor ein paar Wochen noch Vernons Zauberladen gestanden hatte, hielt er kurz inne. Jetzt war dort nur ein leeres Grundstück. Sogar der Keller war zugeschüttet worden. Als hätte jemand ein Radiergummi genommen und einen der wichtigsten Orte in Mineral Wells einfach ausradiert.

Schließlich erreichte Theo sein Ziel. Die Schaufenster des alten Musikladens waren immer noch dunkel, und in ihnen spiegelte sich sein ernstes Gesicht. Er steckte den Messingschlüssel ins Türschloss. Wie erwartet, ließ er sich ganz leicht drehen.

Aber warum hatte Emily ihm den Schlüssel zum Musikladen geschickt?

Er drang bis in den hinteren Teil vor, spürte die Einsamkeit der leeren Regale, die früher unzähligen Instrumenten ein Heim geboten hatten, und der verlassenen Werkbank, auf der Mick Meridian seine wunderlichen

Geräte gebastelt hatte. Auf eben dieser Werkbank fand Theo ein Päckchen. Atemlos griff er danach und trug es zurück in den hellen vorderen Teil des Ladens.

Das Päckchen war rechteckig und kleiner als ein Brotkasten. Es war in braunes Packpapier gewickelt und ordentlich mit Bindfaden verschnürt. Eine Notiz hing daran: *Verwahre sie sicher.* Rasch ließ Theo den Blick durch den Laden schweifen, um sicherzugehen, dass es keine

Falle war, dass niemand mit einem blitzenden Messer im Schatten lauerte. Dann schlüpfte er wieder nach draußen und sperrte den Laden zu.

Ein paar Schritte weiter hielt er es einfach nicht mehr aus. Er öffnete den Bindfaden und riss das Packpapier ab.

Zum Vorschein kam ein Holzkästchen mit verschlungenen Schnitzereien. Es schien keinen Deckel zu haben und auch sonst keine Öffnung. Es dauerte eine Weile, bis Theo erkannte, dass die Schnitzereien Buchstaben bildeten.

MXM.

Und noch länger dauerte es, bis er begriff, warum das Kästchen so vertraut wirkte. Als Carter im Frühjahr nach Mineral Wells gekommen war, hatte er ein fast identisches mitgebracht. Die Buchstaben auf seinem lauteten *LWL.* Und Leila hatte eins im Keller des Berghotels entdeckt, mit den Buchstaben *AIS* darauf.

Theo wusste, dass es sich um Initialen handelte. Das *AIS*-Kästchen hatte Sandra Santos gehört, der Hellseherin, die eigentlich Alessandra mit Vornamen hieß. *LWL* stand für Lyle Locke, Carters Vater. Also musste *MXM* wohl Mick Meridian sein.

Verwahre sie sicher … Die Worte erinnerten Theo an das, was Kalagan vor dem zerstörten Zauberladen zu Leila, Carter und ihm gesagt hatte.

Nicht sicher.

Schaudernd schob er das Kästchen in die Frackjacke und wünschte, er könnte seine Freunde fragen, was sie davon hielten. Warum hatte Mick Meridian ihm dieses Kästchen hinterlassen? War darin etwas versteckt?

Zu Hause verstaute Theo seinen Fund ganz hinten im Schrank, auf dem Regalbrett mit den Extrakopfkissen. Dass das der *sicherste* Ort war, konnte er nicht garantieren, aber fürs Erste musste es reichen. Zumindest, bis er mehr Informationen hatte.

Er nahm seine Geige mit nach unten und ging raus in den Garten zu seinen gurrenden Tauben. Als er in ihren Schlag spähte, entdeckte er drei kleine Papierrollen auf dem Boden. Er riss die Drahttür auf und bückte sich danach.

Dann setzte er sich auf den Stuhl, auf dem Leo vor ein paar Wochen Cello geübt hatte, und öffnete sie. Mithilfe einer Spezialmünze, die er in der Hosentasche aufbewahrte, entschlüsselte er die Botschaften. Anschließend klappte er seinen Geigenkoffer auf, holte einen Notizblock heraus und teilte ein Blatt in drei Streifen. Immer wieder huschte sein Blick zur Münze, während er dreimal dieselbe Nachricht schrieb. Am Ende rollte er die Papierstreifen auf und kehrte zum Taubenschlag zurück.

Dort befestigte er je eine Rolle am Bein einer Taube, ließ die Vögel frei und schaute ihnen nach, während sie in die untergehende Sonne flogen. Eine Taube war auf dem Weg zu Ridleys Haus, die anderen beiden flatterten zum Berghotel – zu den Zwillingen und zu Leila und Carter.

Theo machte sich keine Sorgen. Sie würden bald wieder da sein.

Zurück beim Gartenstuhl, nahm er seinen Zauberbogen aus der Hosentasche und streckte ihn über den Geigenkoffer. Sofort schwebte das Instrument in die Luft und schmiegte sich in seine Hand wie ein alter Freund. Er klemmte es sich unters Kinn und führte den Bogen an die Saiten.

Musik stieg auf, wirbelte und tanzte und taumelte um das Haus der Stein-Meyers herum und weiter, hoch in den Himmel über Mineral Wells.

Während Theo den Bogen schnell, träge, ruckartig bewegte, ließ er seinen Gefühlen freien Lauf, dem

Glück, der Einsamkeit, dem Stolz. Er hatte keinen Schimmer, was als Nächstes passieren würde, aber er würde nicht aufhören. Die Melodie sprang wild umher und wiegte sich sanft, hielt jedoch immer den Takt, genau wie das Metronom auf dem Schreibtisch in seinem Zimmer.

Tick, tack, tick, tack, tick, tack …

WIE MAN ...

eine Karte aus einem Stapel aufsteigen lässt!

Du hast sicher gut aufgepasst und weißt noch, dass ich dich in der ersten Zauberlektion in diesem Band gebeten habe, dir die Seite zu markieren, damit du sie schnell wiederfindest. Wenn du schlau genug warst, auf mich zu hören, dann blättere jetzt zu dieser ersten magischen Übung zurück. (Such nach dem Lesezeichen. Oder der Feder. Oder dem Blütenblatt. Oder dem falschen Schnurrbart.) Und wenn du dir schon gedacht hast, dass ich dich sowieso später noch einmal erinnern würde, dann schau auf Seite 39 nach. Keine Sorge, das ist nicht geschummelt.

Hast du den Trick entdeckt? Er heißt: *Wie man die Karte eines Zuschauers errät!*

Ja? Fantastisch! Du kannst den *folgenden* Trick als Fortsetzung des ersten vorführen oder einfach allein.

Beide Varianten verblüffen dein Publikum bestimmt und bringen dir den ein oder anderen Schulterklopfer ein.

DU BRAUCHST:

Einen Satz Spielkarten

SO GEHT'S:

1. Wähle einen Freiwilligen oder eine Freiwillige aus dem Publikum für den ersten Trick (zum Beispiel noch einmal deinen besten Freund).

2. Wenn du seine Karte gefunden hast, teile den Stapel und schiebe ihn so wieder zusammen, dass die gesuchte Karte ganz unten liegt.

3. Halte den Stapel mit einer Hand, die Rückseite der Karten in Richtung der Zuschauer. Die Karte, die dir am nächsten ist, ist die gesuchte Karte.

4. Führe den Zeigefinger deiner anderen Hand knapp über den Kartenstapel (von dir weg gerichtet).

5. Erkläre deinem Publikum, in deiner Fingerspitze stecke so viel Magie, dass sie eine Karte aus dem Stapel aufsteigen lassen könne. Wenn du magst, kannst du vorher daraufpusten oder den Finger am Stoff deines Oberteils reiben, als würdest du ihn »aufladen«.

6. Senke die Hand, bis der Finger auf den Karten aufliegt.

GEHEIMER MAGIERKNIFF:

Während du den Zeigefinger senkst, strecke den kleinen Finger derselben Hand, sodass er die Rückseite des Kartenstapels berührt – aber unauffällig, damit dein Publikum nichts mitbekommt.

7. Hebe den Zeigefinger langsam wieder an und presse gleichzeitig den kleinen Finger gegen die unterste Karte. Dein Publikum wird staunen, wenn die Karte deines Freiwilligen plötzlich aus dem Stapel auftaucht, als wäre sie mit deinem »magisch aufgeladenen« Zeigefinger verbunden.

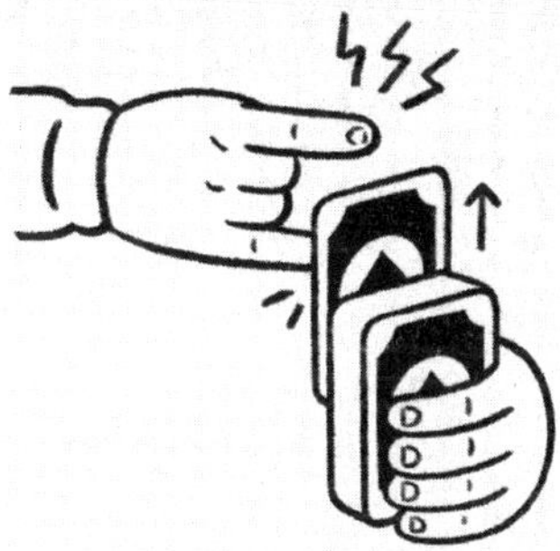

8. Sobald die Karte halb über den Stapel ragt, greife sie schnell mit Daumen und Zeigefinger und zieh sie heraus, während du den kleinen Finger wieder einklappst. Reiche sie deinem Freiwilligen.

9. Verbeuge dich lächelnd und genieße den wohlverdienten Applaus!

C B A

H G F E D

M L K J I

R Q P O N

W V U T S

Z Ä X

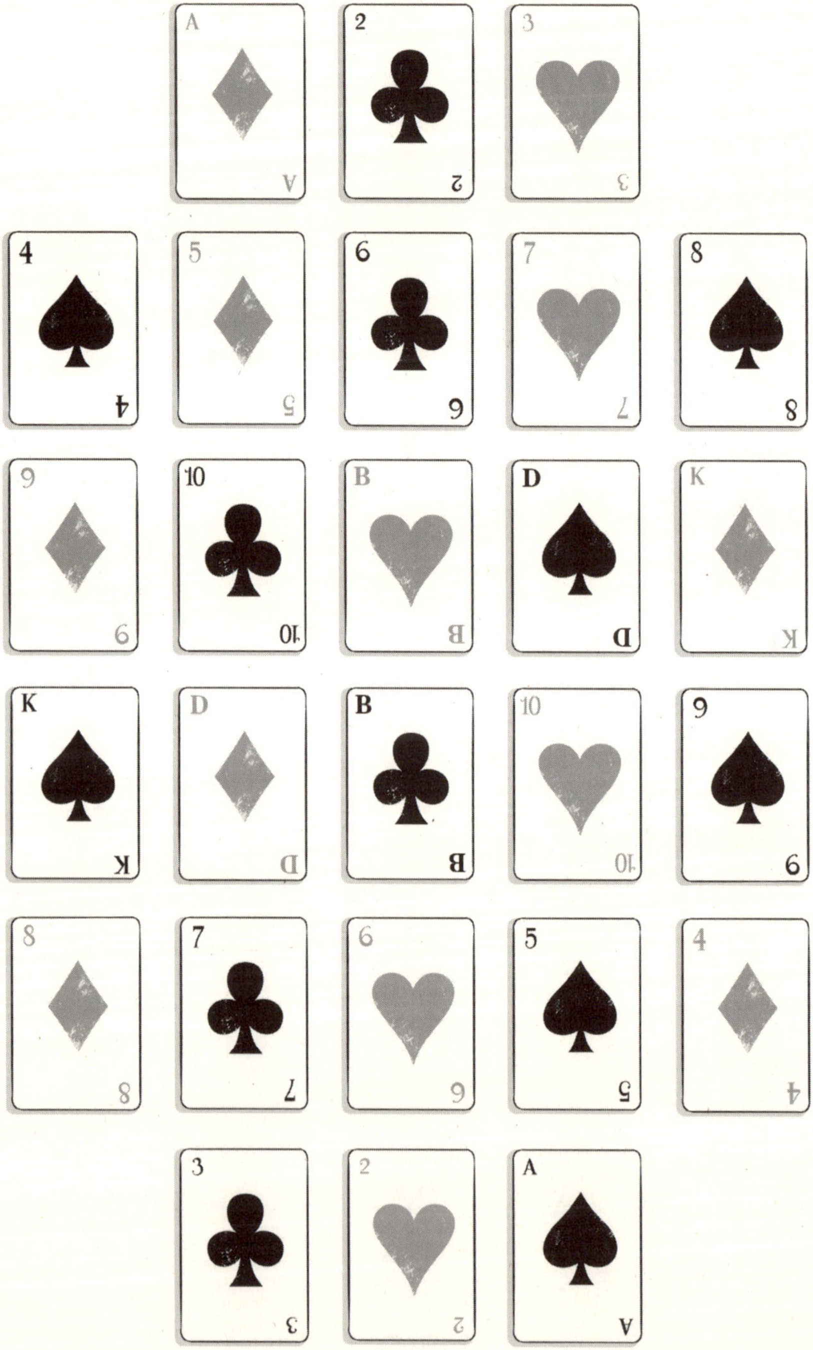
A 2 3
4 5 6 7 8
9 10 B D K
K D B 10 9
8 7 6 5 4
3 2 A

MACH'S GUT, BIS BALD

Vielen Dank, dass du deine Zeit mit mir und den Magischen Sechs verbracht hast. Ich weiß, das Ende dieses Bands war herzzerreißend, aber keine Sorge: Einer kommt noch.

Und was für einer!

Abenteuer, Spaß, Täuschung, Enthüllungen und natürlich mehr Magie, als in eine Vorstellung passt, gut verpackt mit Schleife dran, wie das Päckchen im Musikladen.

Dass es eine hübsche Schleife wird, kann ich dir allerdings nicht versprechen.

Falls du dich fragst, was auf den Papierrollen aus dem Taubenschlag stand – ich habe sie dir auf der nächsten Seite abgetippt. Du kannst sie lesen, sobald du sie entschlüsselt hast, genau wie Theo.

Wenn du damit fertig bist, nimm dir die Zeit und umarme alle deine Lieben. Sag deinen Freunden Danke, dass sie deine Freunde sind. Und deiner Familie Danke, dass sie deine Familie ist. Und dann ab nach draußen mit dir. Bringe die Leute zum Staunen. Trage Zauber in die Welt. Inzwischen solltest du genügend Tricks auf Lager haben. Deine Lieben werden dankbar sein, dass du sie zum Lächeln bringst. Und ich bin dankbar, dass es dich gibt.

Bis zum nächsten Mal: Bleib genial, mutig, neugierig, freundlich. Bleib ein Freak.

Bleib *magisch!*

DIE TAUBENCODES

Zoovh ifsrt srvi. Evinrhhvm vfxs! – O & X

Mlxs nvsi Kfkkvm rn Slgvo. Plvmmvm qvgag zfu wvn Nfvoo ifndzmavm. – L & R

Ziyvrgv zm dzh Tilhhvn. Yzow nvsi. – I

Rxs szyv vgdzh tvufmwvm. Nlitvm zn tvsvrnvm Givuukfmpg? – ❤ G

A B C D E F G H I J K L M N O P Q R S T U V W X Y Z
z y x w v u t s r q p o n m l k j i h g f e d c b a

DANKSAGUNG

Siehe Band eins. Meine Meinung über die dort genannten hilfreichen Menschen hat sich nicht geändert, und eine Wiederholung wäre reine Tintenverschwendung.

ÜBER DEN AUTOR

© MARK VERLTMAN

Neil Patrick Harris ist ein vielfach ausgezeichneter Schauspieler und wurde vor allem durch seine Rolle als Barney Stinson in der Serie *How I Met Your Mother* berühmt. Er ist außerdem Produzent, Moderator, Autor, Vater von Zwillingen – und Zauberer. Er war von 2011 bis 2014 Präsident der *Academy of Magical Arts.*

Die Magischen Sechs ist seine erste Kinderbuchreihe.

FORTSETZUNG FOLGT ...